AF204271

Tucholsky Wagner Zola Scott Sydow Freud Schlegel
Turgenev Wallace Fonatne
Twain Walther von der Vogelweide Fouqué Friedrich II. von Preußen
Weber Freiligrath Frey
Fechner Fichte Weiße Rose von Fallersleben Kant Ernst Frommel
Richthofen
Hölderlin
Fehrs Engels Fielding Eichendorff Tacitus Dumas
Faber Flaubert
Eliasberg Ebner Eschenbach
Feuerbach Maximilian I. von Habsburg Fock Zweig
Ewald Eliot Vergil
Goethe Elisabeth von Österreich London
Mendelssohn Balzac Shakespeare Dostojewski Ganghofer
Lichtenberg Rathenau Doyle Gjellerup
Trackl Stevenson Hambruch
Mommsen Tolstoi Lenz Droste-Hülshoff
Thoma Hanrieder
Dach Verne von Arnim Hägele Hauff Humboldt
Reuter Rousseau Hagen Hauptmann Gautier
Karrillon Garschin
Defoe Baudelaire
Damaschke Descartes Hebbel
Hegel Kussmaul Herder
Wolfram von Eschenbach Schopenhauer
Bronner Darwin Dickens Rilke George
Melville Grimm Jerome Bebel Proust
Campe Horváth Aristoteles
Bismarck Vigny Barlach Voltaire Federer Herodot
Gengenbach Heine
Storm Casanova Tersteegen Grillparzer Georgy
Chamberlain Lessing Langbein Gilm
Brentano Gryphius
Strachwitz Claudius Schiller Lafontaine
Bellamy Schilling Kralik Iffland Sokrates
Katharina II. von Rußland Gerstäcker Raabe Gibbon Tschechow
Löns Hesse Hoffmann Gogol Wilde Gleim Vulpius
Luther Heym Hofmannsthal Klee Hölty Morgenstern
Roth Heyse Klopstock Goedicke
Luxemburg Puschkin Homer Kleist
La Roche Horaz Mörike Musil
Machiavelli Kierkegaard Kraft Kraus
Navarra Aurel Musset Lamprecht Kind Kirchhoff Hugo Moltke
Nestroy Marie de France
Nietzsche Nansen Laotse Ipsen Liebknecht
Marx Lassalle Gorki Klett Ringelnatz
von Ossietzky May Leibniz
vom Stein Lawrence Irving
Petalozzi Knigge
Platon Pückler Michelangelo Kafka
Sachs Poe Liebermann Kock Kock
de Sade Praetorius Mistral Zetkin Korolenko

Der Verlag tredition aus Hamburg veröffentlicht in der Reihe **TREDITION CLASSICS** Werke aus mehr als zwei Jahrtausenden. Diese waren zu einem Großteil vergriffen oder nur noch antiquarisch erhältlich.

Symbolfigur für **TREDITION CLASSICS** ist Johannes Gutenberg (1400 — 1468), der Erfinder des Buchdrucks mit Metalllettern und der Druckerpresse.

Mit der Buchreihe **TREDITION CLASSICS** verfolgt tredition das Ziel, tausende Klassiker der Weltliteratur verschiedener Sprachen wieder als gedruckte Bücher aufzulegen – und das weltweit!

Die Buchreihe dient zur Bewahrung der Literatur und Förderung der Kultur. Sie trägt so dazu bei, dass viele tausend Werke nicht in Vergessenheit geraten.

Fall Vehme Holzdorf

Wolfgang Hellmert

Impressum

Autor: Wolfgang Hellmert
Umschlagkonzept: toepferschumann, Berlin

Verlag: tradition GmbH, Hamburg
ISBN: 978-3-8424-6871-9
Printed in Germany

Text der Originalausgabe

Fall Vehme Holzdorf

Novelle

von

Wolfgang Hellmert

Verlag von Philipp Reclam jun.
Leipzig
(1928)

Für

Klaus Mann

Es gibt keine unaufhörlichere und quälendere Sorge für den Menschen als, wenn er frei bleibt, etwas zu finden, vor dem er sich beugen kann.

Dostojewski: Karamasoffs.

Leicht zerstörbar sind die Zärtlichen.

Hölderlin: Empedokles.

I.

Die Wolkenbank, hinter der die Spätsonne stand, zerriß. Mit einem Male überschwemmte eine ungeheuerliche Lichtwelle den Wald.

»Man wird ja irrsinnig vor soviel Licht«, sagte Herbert, aber augenblicklich schwieg er wieder, als hätte er bereits zu viel gesagt.

Der neben ihm schritt nickte lässig und kurz mit dem Haupte. Er hatte kaum auf die Worte seines Kameraden gehört. Auch hielt er es nicht für angebracht, einen so unwichtigen und, wie ihm schien, rein lyrischen Gefühlsausbruch mit mehr als einem Kopfneigen zu beantworten. Man hatte andere Sorgen. Man wollte leben. Man hatte zu diesem Zwecke militärische Geheimnisse rechtsgerichteter Organisationen an die Kommunisten, kommunistische Aufmarschpläne an die vaterländischen Verbände zu liefern. Man hatte sich geschickt zu verhalten; zwischen zwei Parteien, die sich auf den Tod befehdeten, zu lavieren, so daß ja keine merkte, daß man ein Spitzel war. Ein Spitzel – wie das klang – nach Schleichgängen über Hinterhöfe, nach Zusammenkünften in schmierigen Schankstätten, nach lauter phantastischen und unappetitlichen Dingen, die es in Wirklichkeit nicht gab. Heinz Wiesel lächelte amüsiert vor sich hin, aber dann fand er es eigentlich schade, daß die Dinge, tatsächlich geworden, sich soviel unromantischer vollzogen. – – Sein Marschgenosse kam ihm wieder in den Sinn. Glückliche Jugend, die vor nichts anderem irrsinnig wurde, als vor zuviel Licht. Er wollte Herbert irgendein Scherzwort zuwerfen, da spürte er erst, daß der gar nicht mehr an seiner Seite war. Heinz sah sich suchend um: Ja zum Donnerwetter, wo mochte der Bengel nur stecken? Er blieb stehen, pfiff, aber das Signal wurde nicht beantwortet. Heinz beschattete die Augen. Dieses törichte Licht, dachte er noch, man kann keine zehn Schritte weit sehen. Dann schlug etwas gegen seine Brust. Er schrie leise auf und fiel mitten hinein in einen sonderlich glänzenden Nebel.

– – – Als Herbert noch schwankend vor Furcht und Erregung zu dem Toten trat, war die Sonne längst untergegangen. Wiesel lag ein wenig zur Seite gekehrt. Er sah bläßlich aus und war schmaler geworden. Etwas Unfaßbares schien ihn angerührt und in die Länge gezogen zu haben. Aber das Furchtbarste war wohl, daß er die Augen offen hielt, diese Augen, die jetzt einen erschütternden, blinden Ausdruck hatten, die erschrocken und sinnlos in den Wald hineinstierten, dorthin, wo er schwärzlich wurde und voller Geheimnis war.

Herbert kämpfte mit einem Schwindelgefühl, das stark und unwiderstehlich in ihm aufstieg. Bluffen will er mich, will mir Angst einjagen, dachte er, so eine Gemeinheit. In einer jähen Erbitterung stieß er mit dem Fuß nach der Leiche. »Du Hund«, sagte er leise, »du Hund.« Aber als er nun sah, wie wehrlos sein Tritt hingenommen wurde, ergriff ihn doch ein schüchternes Mitleid. Vielleicht auch erahnte er damals schon ein Geringes davon, was es zu bedeuten hat, jemanden hinausgedrängt zu haben aus dem Leben.

Einige Minuten stand er reglos. Nur jetzt nicht nachdenken, empfand er. Er hob ein wenig unsicher die Hand und fuhr sich hastig über die Stirn, als wolle er den schweren Schatten, der sie ganz verhüllte, nur noch tiefer herabziehen. Eine ungeheure Lust überkam ihn, jetzt kräftig zu singen. Aber war diese Lust nicht immer gekommen, wenn er allein in einem dunkelen Raume war, oder wenn er eine Strafe erwartete?

– – – »Wahnsinn, zu singen«, redete er einen Baum an. Er konnte seinen Satz kaum selber begreifen. Es war ihm genau so zu Mute, als läge er in einer Narkose an jener Grenze zwischen Bewußtheit und Schlaf, wo man die Worte erst übersetzen muß, die man auffängt aus einer vernebelten Welt. – – –

Als er wieder besser zu denken vermochte, saß er neben dem stillen Manne im fußhohen Gras. Wenn jetzt jemand vorüberspaziert wäre – der Schreck wollte ihn neuerlich betäuben, aber diesmal ließ er sich nicht wieder unterkriegen.

Einiges war noch zu erledigen. Er überwand seinen Widerwillen und begann, den Toten sorgfältig zu durchsuchen. »Aha«, triumphierte er, als er in der hinteren Hosentasche Papiere spürte. Aber als er sie durchsah, waren es: ein alter Paß, eine Radfahrkarte und wenige, gleichgültige Korrespondenzen.

Da war scheinbar nichts zu machen. Vielleicht fand man zu Hause im Schreibtisch oder in Wiesels Koffern mehr. Herbert sah nach der Uhr. Herrgott, halb zehn war es schon geworden. Bis zur nächsten Bahnstation hatte er fast eine Stunde zu gehen. Na, Hauptsache, er war gegen zwölf Uhr wieder in Berlin. Er nahm alle Papiere des Toten an sich. Seinen Schlüsselbund, sogar sein Geld, ein paar schmutzige, verknüllte Banknoten steckte er ein. Dann deckte er wahllos und unsorgsam Erde, Steine und Laub über den Leichnam. Das dauerte noch eine geraume Zeit. »Es soll sein, als ob gar nichts geschehen wäre«, flüsterte er. Da er nichts anderes fand, säuberte er sich nun die Hände an seinem Taschentuch. Man hätte Wiesels Beinkleider benutzen können, fiel ihm ein. Er sah scheu nach dem Erdhaufen hin und wurde schamrot. Ich bin ein Rohling, dachte er. Dann schritt er, ohne sich noch einmal umzusehen, in die Nacht. Und kaum, daß er dreißig Schritte entfernt war vom Tatort, konnte man ihn singen hören.

– – – Fünf Minuten vor zwölf fuhr der Vorortzug in den Potsdamer Bahnhof. Endlich, endlich. Fiebernd aus Hast stürzte Herbert aus seinem Abteil. Den langen Bahnsteig nahm er im Galopp, und die zwei Herren, die vor ihm die Sperre passierten, zeigten entrüstete Gesichter, da er sie empfindlich gestoßen hatte. Nun werden sie gleich auf die Jugend schimpfen – Herbert verspürte eine Art von Schadenfreude. Aber Ruhe und Sicherheit kehrten ihm erst später zurück, als er schon eine lange Weile auf der Trambahn stand und sich bewiesen hatte, daß nichts, absolut nichts in der Stadt verändert war.

Diesen törichten Einfall, die Stadt müsse sich nach seiner Tat verwandelt haben, hatte Herbert nämlich in der Eisenbahn gehabt. Und zwar in diesem Momente, als er den fingernagelgroßen Blutfleck auf seinem Jacket entdeckte. Es war nicht etwa Entsetzen, was er da gefühlt hatte – es gibt Augenblicke, in denen alle Worte gewichtlos werden – irgendetwas, so mochte es wohl am ehesten zu bezeichnen sein, war in ihm zusammengestürzt oder zerrissen oder erwürgt. Und da war in ihm dieser Gedanke hochgestiegen, die Stadt müsse ihr Gesicht verzogen haben, wenn er sie beträte. Gleich ihm habe sie, glaubte er, den Akzent ihres Wesens in das Phantastische und Grauenhafte geschoben. Wilder und mörderischer würde sie ihn, wenn er zurückkehrte, anscheinen. Jetzt lachte er einfach über solche Hirngespinste. Er gab sich einen Ruck, aber die Nerven revoltierten. Das Gelächter war nicht mehr zu halten, und ohne die geringste Überleitung pruschte er los. Wie ein Backfisch, pöbelte er gegen sich, und geriet in einen leichten Ärger.

*

Es schlug gerade dreiviertel eins, als Herbert vor dem Hause des politischen Führers pfiff. Oben brannte noch Licht. Im erleuchteten Fenster standen lebhafte Schatten. Herbert spähte achtsam hinauf. Da öffnete sich schon das Haustor.

Er wurde sofort vorgelassen. Der Politiker hatte ihn mit Ungeduld erwartet. »Was bringen Sie für Nachrichten?« fragte er nervös und um ein weniges zu nasal. Er zwirbelte seinen Schnurrbart hoch und sah Herbert aufgeregt, aber sehr gerade in die Augen.

Der Junge stand in tadelloser, militärischer Haltung vor ihm. »Also!« sagte der Politiker dringlich.

Zum ersten Male bemerkte Herbert, wie sehr der Verehrte die Stimme forcierte, wie unschön und gewaltsam er mit den Händen durch die Luft fuhr. – Unwillkürlich mußte er über ihn lachen. Aber dann fand er seine plötzliche Unbotmäßigkeit derartig ungeheuerlich, daß er beschämt und verwirrt sein Antlitz senkte.

»Ich habe die gesuchten Papiere nicht unter Wiesels Briefschaften gefunden«, entgegnete er schließlich stockend. »Vielleicht liegen sie bei ihm zu Hause. Die Schlüssel zu seinem Schreibtisch sind in meinem Besitz.«

Der Politiker erblaßte und räusperte sich besorgt.

»Aber es hat keine große Eile damit«, sagte Herbert. Er war mit einem Male ganz leicht und ganz frei. »Wiesel hat doch keine Verwendung mehr für sie, ich habe ihn nämlich heute erschossen.«

Der Politiker tat einen kleinen, zitternden Schritt.

»Aber ich bitte Sie,« sagte Herbert, »zu Beunruhigungen ist nicht der mindeste Anlaß. Wer sucht heute nach einem verschollenen Abenteurer? Wiesel ist verreist, durchs Loch im Westen gerutscht, damit basta. Daß man ihn nicht findet, dafür ist schon gesorgt.«

Der Politiker lächelte jetzt und trug sich vergnügt. »Sie sind ein tüchtiger Bursche«, sagte er anerkennend und rieb sich geräuschvoll die Hände, »prächtige Ideen haben manchmal die Leute. Die Auslandsreise des Herrn Wiesel ist allein ein Stück Gold wert. Grüßen Sie ihn, wenn Sie ihm schreiben.« Er wandte sich ab, wie um begreiflich zu machen, daß die Audienz zu Ende war. Nachdenklich setzte er sich an seinen Schreibtisch. Man hörte deutlich, wie er aus einem Schubfach ein schweres Aktenstück heraushob und darin blätterte. So geht das also, dachte er, der Wiesel ist nun hinüber. – Und jetzt strich ihm doch ein Unbehagen, kühl und quälerisch wie der schmale Wind, der den Gewittern vorausläuft, über den Rücken. Ohne es zu wissen, machte er ein paar zaghafte Gebärden mit der Hand.. »Ich habe keine Schuld«, sagte er dabei vor sich hin. Angestrengt überlegte er irgendetwas, das er sofort wieder vergaß. »Der Holzdorf hat viel mehr getan, als ich eigentlich wollte«, memorierte er dann. »Vielleicht habe ich es gewünscht? Gar nichts habe ich gewollt«, behauptete er plötzlich fast laut, »gar nichts habe ich gewünscht.« Eine Weile suchte er nun nach dem Unterschied zwischen Wille und Wunsch. Zuletzt begütigte er sich bei dem Gedanken, daß er allenfalls seinen Wünschen, keineswegs aber seinem Willen Ausdruck verliehen hatte.

Er blickte auf.

Herbert stand noch immer auf der gleichen Stelle. Ich soll den Wiesel grüßen, dachte er und begriff es nicht.

»Gute Nacht«, sagte der Politiker unfreundlich. Da merkte der Junge erst, daß er gehen sollte. Er richtete etwas an seiner Krawatte und trat an die Tür.

»Vergessen Sie's nur nicht,« rief der Politiker noch hinter ihm drein, »morgen früh bringen Sie mir Wiesels Papiere!«

Herbert hatte die Stube eben verlassen, als Lehgarbe zu dem Politiker trat. Lautlos war er aus dem Nebenzimmer auf den Mann zugeschritten, so lautlos, daß der vor Schreck taumelte, als Lehgarbe unversehens neben ihm stand. »Ach Sie sind es«, beruhigte er sich und erkannte ihn. »Sie sind es.« Er entschloß sich, den verwundenen Schreck durch einen überlegenen Tonfall zu verwischen und auszugleichen: »Eine erfreuliche Nachricht habe ich für Sie, Herr Direktor, Herbert Holzdorf hat den Spitzel Wiesel heute abend im Grunewald erschossen.«

Lehgarbe schmunzelte vergnügt vor sich hin. »Weiß es schon, weiß es schon«, und er tänzelte aus Entzücken, als der Herr Politiker vor Staunen den Mund aufriß. – – »Ich habe mir nämlich erlaubt zu lauschen«, bequemte er sich endlich zu erklären. »Sie werden verstehen, daß ich äußerst neugierig gewesen bin.«

»Gewiß, gewiß, Herr Direktor,« der Politiker bemühte sich mit fast peinlicher Diensteifrigkeit, Verständnis wie volle Billigung auszudrücken, »gewiß. Übrigens, der Junge hat uns da aus einer bösen Patsche geholfen. Man sollte sich ihm ein wenig erkenntlich erzeigen.«

Lehgarbe kicherte verächtlich in sich hinein: »Ich möchte Sie nur vor Taten gewarnt haben, die unter Umständen ein Mitwissen zu deutlich erweisen«, meinte er und wurde wieder ernst. »Das gute Herz spielt einem für gewöhnlich die bösesten Streiche. Ich für meine Person will mit der ganzen Geschichte nicht das Geringste zu tun haben, sobald Holzdorf die Papiere zurückgebracht hat. Ich finde, diese Dummheit, einen Attentatsplan gegen den Minister schriftlich zu fixieren und ihn obendrein noch in unsaubere Hände geraten zu lassen, genügte vollkommen. Ich habe keine Lust und keine Veranlassung, mich in einen Mordprozeß verwickeln zu lassen, als Zeuge nicht und schon gar nicht als Angeklagter.«

Der Politiker krauste die Stirn: »Ach, das kommt überhaupt nicht in Frage«, erklärte er nach kurzem Nachdenken überzeugt. »Für mich ist Wiesel ins Ausland gefahren. Im übrigen werde ich Holzdorf, so schnell, wie es mir möglich sein wird, in die Provinz beordern lassen. Inzwischen kann hier langsam Gras über die Affäre wachsen; sollte doch etwas herauskommen, kann man dem Jungen ja einen zweiten Paß zur Verfügung stellen.«

»Tja, mir soll es recht sein – tun Sie, was Sie für gut erachten, ich habe diesen – wie heißt er gleich – Holzdorf Gott sei Dank nie kennengelernt«, und mit dieser Behauptung beschloß der Herr Lehgarbe diese nächtliche Unterhaltung . . .

Herbert hatte im Nachbarzimmer Erich Borchert getroffen. Unter seinen politischen Freunden mochte er ihn wohl am besten leiden. Erich war ein lustiger kluger Junge, gut gewachsen und siebzehnjährig wie er selbst. Sie hatten einige Belanglosigkeiten gesprochen, über die gegenwärtige politische Situation diskutiert, nun waren sie auf dem gemeinsamen Heimwege. Das Gespräch war ins Stocken geraten – junge Leute erschöpften leicht die Möglichkeiten ihrer Unterhaltung – und Herbert war seinen Gedanken zurückgegeben, diesen vielen verzweifelten Gedanken, die ungeordnet und unkontrollierbar auf ihn einstürmten.

Niemals hatte er es für wahrscheinlich erachtet, bald eine Tat, die er so verhältnismäßig leicht verübt hatte – denn Angst und Schrecken wie auch die Ohnmacht waren seinem Gedächtnis schon fern – daß eine so leicht verübte Tat ihn nachträglich beunruhigen könnte. Im Gegenteil, er erinnerte sich sehr klar, daß er über Verbrecher, die nach ihren Vergehen schwankend geworden, gehöhnt hatte, ja entsann sich sogar einer Äußerung: Ein Täter, über den seine Tat eine solche Macht gewinnt, daß sie es vermag, ihn zu Dingen zu treiben, die nicht von vornherein in seinem Willen gelegen waren, ist nicht wert, jemals mit einer Tat begnadet worden zu sein.

Nun, nun, seine Tat hatte ja keine Macht über ihn erlangt. Alles vollzog sich planmäßig und nach seinem Willen. Er versuchte zu pfeifen. Er würde nie, niemals schwankend werden oder zu zweifeln beginnen.

Aber einen seltsamen Druck verspürte er, irgendwo in der Magengegend oder in den Eingeweiden. Es fiel ihm auch wieder ein, wie sonderbar sich vorhin der Führer benommen hatte: »Grüßen Sie den Wiesel«, hatte er ihm gesagt. Hatte er etwa die Geschichte von der Abreise, diesen romantischen Bericht über ein spurloses Verschwinden, den man sich für den Eventualfall erklügelt hatte, für Ernst genommen? Ich habe ihm doch gesagt, daß ich den Wiesel erschossen habe, überlegte Herbert. Es ist wohl nicht denkbar, daß ein Politiker das Wichtigste überhört.

Jäh stieg ein Verdacht in Herbert auf.

Mein Gott, sie wollen dich allein lassen, dachte er, und er blieb zitternd und wie verloren mitten auf der Straße stehen. Sie wollen dich allein lassen, hundsföttisch allein, mit deiner Tat, mit deiner Drangsal und mit deinen Zweifeln.

Und ihm wurde offenbar, daß sich schon etwas Fremdes in seinen Glauben gedrängt, daß er schon mit dem Zweifeln begonnen hatte.

In diesem Augenblick klopfte ihm jemand auf die Schulter. »Ja wo bleibst du denn«, hörte er eine vertraute Stimme fragen, »ich war schon ein gutes Stück vorausgegangen und bin wieder umgekehrt, weil du gar nicht kommen wolltest. Dein Geschäft hättest du wirklich in kürzerer Zeit verrichten können.«

Herbert spürte, wie in ihm die Spannung sich löste, dennoch begriff er erst ganz allmählich, daß der Sprecher wahrscheinlich Erich Borchert war.

Er ging mühselig einige Schritte vorwärts. »Mir ist gar nicht wohl heute«, entschuldigte er sich flüchtig. »Die Anforderungen der Partei. – Ich bin sicherlich krank und überarbeitet.«

Erich fand nun, daß er blaß aussähe, aber Herbert bestritt das und schien ganz plötzlich erbittert.

Von da ab schritten sie schweigend.

Erst vor Herberts Haustor blieben sie wieder stehen. Hatten sie auf dem Weg auch wenig zu reden gewußt, als sie sich verabschieden sollten, waren die beiden jungen Menschen voll von vielen Worten, fiel ihnen dies und jenes ein, das sie sich noch wichtig zu sagen hatten.

Das ging denn so zehn Minuten lang unermüdlich hin und her. Erich sah auf die Uhr. »Donnerwetter,« meinte er müde, »nun ist's aber höchste Zeit nach Hause zu gehen. Der Vater wird wieder Reden machen . . .«

Aber Herbert nahm von dieser Äußerung nicht die geringste Notiz, und bald hatte er den Kameraden in ein neues Gespräch verstrickt. Endlich erschöpfte sich auch seine Erfindungskraft. – Er hatte die letzte Viertelstunde fast ausschließlich allein gesprochen. – Beschämt merkte er, wie sehr er sich quälen mußte, um noch etwas hervorzubringen.

Aus dem Dämmer vom nahen Kirchturm her schlug es halb vier.

»Jetzt kann ich nicht mehr nach Haus,« flüsterte Erich, »sonst gibt's wieder heillosen Zank.« Er zerdrückte zwischen den Mundwinkeln ein Gähnen. »Nimm mich doch mit herauf zu dir«, bat er. »Ich werde daheim erzählen, daß wir auf Nachtübung waren. Die sind ja erst in der Frühe zu Ende, und der Alte feiert mich außerdem noch als Helden.«

Das ist wunderbar, dachte Herbert. »Aber komm doch«, drängte er plötzlich, und voll tiefer und glockenreiner Freude schloß er die Türe auf.

Das elektrische Licht im Treppenhaus wollte nicht funktionieren. Es war fast ganz dunkel hier. Die kleinen Milchglasfenster ließen nur wenig von der schwachen, schmalen Helligkeit herein. Sie stiegen langsam und vorsichtig nebeneinander die vier Stockwerke hinauf. Draußen sangen schon zwei Vögel. Mit einem Male spürte Herbert Erichs warmen Körper. Da wußte er, daß er nicht mehr allein war. Nun ist einer bei mir, dachte er. Nun wird einer diese Nacht mit mir teilen, diese unheimliche, scheußliche, verfluchte Nacht.

– – – Spät erst schliefen sie ein. – Und ihr Schlaf war wider Erwarten fest und traumlos.

*

Als Erich um acht Uhr gegen Herberts Bett trommelte, stand im Fenster klar und durchsichtig wie ein kostbares Glas ein goldener Herbstmorgen.

Im Zimmer war eine kleine Unordnung, wie sie nach verwachten Nächten in allen Zimmern ist.

Herbert rieb sich die Augen. So schwer erwachte er jeden Morgen, so schlafbetäubt, so trunken von vergessenen Träumen – wie ein kleines Kind.

»Du scheinst mir noch recht müde zu sein«, wunderte sich Erich, der halb angezogen schon im Zimmer herumturnte. »Also ich bin ganz frisch; eine durchbummelte Nacht schmeißt mich noch lange nicht um.«

Herbert richtete sich linkisch hoch. Sein Kopf schmerzte gelinde. Er hatte dies benehmende Gefühl, irgend etwas müsse in der Stube sein, was nicht hinein gehöre, was ihn nun auf eine hämische und geheimnisvolle Weise bedrücken könne.

Vielleicht schwankten die Luft oder der Boden – aber da begriff er auch schon, daß es der helle Sonnenschein in dem Zimmer war, der ihn ängstete und verwirrte.

Die Sonne bringt es an den Tag, fiel ihm ein. Mühsam schnitt er eine Grimasse, »So ein Quatsch,« versuchte er sich zu beruhigen, »so ein Quatsch.« Aber da stand der Erich neben ihm. »Du könntest mir wenigstens ›Guten Morgen‹ sagen,« schmollte er. »Überhaupt hast du noch kein Wort geredet, so lange, wie du nun schon wach bist.« Er beugte sich über ihn: »Was bist du nur sonderbar, Herbert, hast du mir denn gar nichts zu erzählen?«

Herbert war immer noch benommen von Schrecken und Schlaf. Was soll ich ihm wohl zu erzählen haben? überlegte er. Vielleicht will er mich aushorchen.

Aber dann lachte er bitter: »Pfui Teufel, so mißtrauisch bin ich geworden«, und wie um seinen häßlichen Gedanken wieder gut zu machen, strich er verschüchtert und liebevoll über Erichs Hand und sagte sehr leise: »Mein lieber kleiner Junge –«

Der ganze Raum war plötzlich in milde und weiche Zärtlichkeit getaucht.

Ein unstillbares Verlangen zu schlafen, war mit einem Male in Herbert. »Gar nicht mehr aufwachen,« stammelte er gierig, »gar nicht mehr aufwachen.«

Jetzt beneidete er ihn fast, diesen stillen Mann da draußen im Walde. Der hatte alles hinter sich, was quälte und erniedrigte, was lärmte, drängte und in den Kampf rief, in diesen lächerlichen, zermürbenden Kampf der tausend Tage, in dem man freudlos wurde, einsam und schuldig.

Schuldig – –?

Herbert machte zwei spärliche, abwehrende Gesten.

Dieses Gefühl der Schuld schien ihm, so drückend und schwerwiegend es auch in ihm emporwuchs, deplaciert zu sein, unwürdig und ungehörig. Er hatte durch seine Tat Männer vor Unheil bewahrt, die er für nützlich, groß und verehrungswürdig erachtete, die Aufdeckung des Mordes, der an einem Schädling geplant war, vereitelt. Seine Tat war eine vaterländische gewesen. – Eine Heldentat.

Er war unschuldig, ja zu beloben, ganz wie man wollte. Und dennoch wühlte es in ihm.

Gott, wo ist die Wahrheit?

Er wußte gar nichts mehr. – Und dieses verfluchte Sonnenlicht. Daran war keineswegs zu denken gewesen, die Sonne – die Sonne schmiß ihn aus seinem Programm. Einen Augenblick lang sah er den Wiesel fast leibhaftig vor sich liegen. Wenig von Erde bedeckt, aber überströmt von einer riesigen flutenden Sonne. Eine ungeheuerliche Lichtwelle ist durch den Wald gegangen, dachte er noch. – – – Dann drehte sich das Zimmer.

Wie ein geprügelter kleiner Hund kroch Herbert unter die Bettdecke, in eine Umdunkelung hinein, die vieles zu tilgen versprach.

»Aber was hast du denn nur?« fragte Erich den Schluchzenden zaghaft. Er riß die Decke zurück und hob ihn mit ängstlichem Scherz nun in die Höhe. – – –

Nie hat es Herbert klar zu erkennen vermocht, wie es möglich wurde, daß er seine Tat verriet.

So mag es am ehesten geschehen sein, daß ihn seine Erinnerungen überfielen, daß ihn seine Gefühle überstürzten, so überstürzten, daß er gleichsam im Zwange diese Aussage machte: »Ich habe getötet.«

Denkbar ist auch, daß das Sonnenlicht, das kalt und betäubend auf ihn eindrang, als ihn Erich aus der schwachen Begütigung der umdunkelnden Decke hob, daß das Sonnenlicht ihm das Geständnis entriß.

Aber denkbar ist ja so vieles, daß man den letzten Anhaltspunkt verliert, wenn man zu denken beginnt.

Und jemand, den etwas aus der Bahn geworfen hat, jemand, der durch Nebel und mancherlei Finsternis tappen muß, darf sich nicht noch weiter verspinnen, darf sich nicht verirren in die vagen Bezirke undurchsichtiger Gedanken.

II.

»Um jeden Preis sachlich bleiben, bitte, bitte sachlich bleiben«, betete Herbert, als er zwei Wochen nach seinem Geständnis an Erich vor der Tür des Politikers stand.

Der Politiker war ungewöhnlich bleich. Er schritt unaufhaltsam das Zimmer auf und ab.

»Ja, was machen wir nur mit Ihnen,« fragte er plötzlich fast jammernd, »was machen wir nur mit Ihnen?«

Herbert Holzdorf richtete sich an der Nervosität des großen Mannes auf: »Ich werde außer Landes gehen,« meinte er lächelnd, »dem Wiesel nachfahren«, fügte er mit jähem, kaum noch verhohlenem Angriff hinzu. –

Das verstand der Politiker falsch: »Sie wollen sich töten?« fragte er ungläubig und dachte schon daran, daß dies der günstigste Ausweg wäre.

Herbert lachte laut heraus.

»Man beginnt das Leben wieder zu schätzen, wenn man es verteidigen muß, Herr Doktor«, sagte er. Seine Miene war beinahe albern.

Der Politiker versank von neuem in Ratlosigkeit.

»Nein, nein,« stöhnte er auf, »wenn man das geahnt hätte. Wir sind glücklich vom Regen in die Traufe gekommen. Sie sagen, daß Sie außer Landes gehen wollen. Großartig, junger Freund. Ihre Photographie liegt vermutlich längst bei sämtlichen Grenzstationen. Es ist Ihnen doch wohl bekannt, daß eine Anzeige gegen Sie bereits vorliegt. Stellen Sie sich nur vor, in welch eine Lage ich komme, falls Sie verhaftet werden.«

»Der Taus«, sagte Herbert recht kindisch. Aber er gab sich sofort die größte Mühe, wieder überlegen und herrenhaft zu erscheinen. »Ich habe von der Anzeige natürlich gehört«, bestätigte er. »Ich bin umgezogen und wohne jetzt unangemeldet. Allzu leicht werde ich es der Polizei keineswegs machen, mich einzusaugen.«

Der Politiker sinnierte. Er wußte nichts zu erwidern. Das gab eine verfängliche Stille.

– – – Warum hat nur der Erich den Mund nicht gehalten? Unvermittelt mußte Herbert an die Sonne denken. Er verlor jegliche Haltung. Das Schweigen wollte ihn plötzlich erdrücken.

Und nur um diese formlose, graue Pause zu überrumpeln, die wie ein schleimiges, unersättliches Tier an seinen Nerven zerrte und schlang, sagte er gedankenleer und mechanisch: »Ja, unsere Lage kann peinlich werden.«

Er wußte nicht, daß er einen klugen Schachzug getan.

Auch der Herr Politiker hatte sich nämlich allerlei durch den Kopf gehen lassen. Der Holzdorf ist ein Fanatiker, hatte er sich überlegt. Sicherlich wird er sich eher die Zunge abbeißen, als daß er mich, seinen Führer, in irgendeiner Weise belastet. Mochte es da nicht das Gescheiteste sein, den Jungen seinem Schicksal zu überlassen, ihn dem lieben Gott zu empfehlen und einer gnädigen Zukunft? Man selber zog sich zurück. Man selber rettete sich beizeiten. Das war man der Partei ebenso schuldig wie der eigenen Persönlichkeit.

Der Politiker traute seinen Ohren nicht, als dieser Satz ihm plötzlich entgegenschlug: Ja, unsere Lage kann peinlich werden.

So weit war es also gekommen. Der Bursche unterstand sich schon, von ihrer gemeinsamen Lage zu reden, dachte nicht im mindesten daran, für den Ernstfall zu schweigen, verlangte jetzt Hilfe, jetzt, wo man selber erschüttert und schutzlos stand.

Das war bodenlos, hinterhältig und gemein.

Den Politiker überkam die heillose Wut, als er begriff, daß ein Leugnen doch nicht so leicht war, wie er gehofft hatte, daß damit zu rechnen war, Holzdorf könne ihn zumindest diskreditieren in einem zu erwartenden Prozeß.

Ein Mensch, der sich fürchtet, ein Mensch, der in die Defensive gedrängt ist, sieht mehr als ein Sorgloser.

Dem Politiker kam bei, daß schon der bloße Umgang mit dem unreifen Bengel ihn verdächtigen mußte.

Seine Wut verflog jäh, wie sie aufgeflackert war. Nein, man mußte versuchen, ihn fortzuschaffen. So allein konnte noch alles gut werden. Er machte einige Schritte auf Herbert zu, bot ihm eine Zigarette an.

»Sehr gut, daß Sie umgezogen sind«, sagte er, und dann: »Aber nehmen Sie doch bitte Platz, Herr Holzdorf; warum stehen Sie denn immer?« In seiner Stimme war seltene Höflichkeit.

Herbert hatte einen klugen Schachzug getan.

»Also ins Ausland werden Sie nicht mehr verschwinden können,« begann der Abgeordnete abermals die Unterhaltung, »was halten Sie von einer längeren Reise in die Provinz? – Nach Süddeutschland zum Beispiel. Sie verstehen mich? Ich kann Sie dort an Leute weisen, die Sie gern aufnehmen werden.«

Das Entgegenkommen des Führers, seine veränderte Tonart, schenkten Herbert eine neue Festigkeit. Er verläßt mich doch nicht, freute er sich kindlich. Er meint es doch gut mit mir.

Er spürte fast körperlich, wie Kraft und Besonnenheit ihm zurückkehrten.

Schon vermochte er wieder, seine Situation deutlich zu überblicken.

Er schüttelte den Kopf.

»Nein, Herr Doktor,« sagte er dann, »die Leute werden mich fragen, warum ich zu ihnen komme. Wenn sie erfahren, daß ich wegen Mordes verfolgt werde, wird selbst Ihre Fürsprache nichts ausrichten können. Man wird mich davonjagen. Man wird sich nicht mitschuldig machen wollen.«

Der Politiker schielte verzweifelt nach seinem Fußspitzen.

»Was soll man nur machen, was soll man nur machen«, murmelte er unaufhörlich in sich hinein.

Aber er war am toten Punkt angelangt. Sein Gehirn gab nichts mehr her. Alle Möglichkeiten schienen erschöpft zu sein. Seine Nerven verweigerten ihm den Dienst.

Wieder stand großes und graues Schweigen im Zimmer, aber diesmal war es der Politiker, den es zermarterte, und der von ihm erdrückt wurde.

So verstrich eine geraume Zeit.

Plötzlich schoß Herbert in die Höhe: »Nun weiß ich, was uns helfen kann« – er schrie vor lauter Freude über den rettenden Ausweg – »Herr Doktor, Sie geben mir den schriftlichen Auftrag, irgendwo im Süden Jung-Gruppen zu organisieren. Das wird die Notwendigkeit meines Aufenthaltes zur Genüge erhärten. Wenn ich dazu noch bemerke, daß ich in Berlin in irgendeine gleichgültigere Affäre, meinetwegen in einen Waffenschiebungsprozeß verwickelt bin, wird man meine Sehnsucht, inkognito zu reisen, ohne Mißtrauen verstehen.«

Der Politiker nickte benommen. Er war völlig zermürbt. Dieses furchtbare Schweigen eben hatte ihm den Rest gegeben. So zu schreien, dachte er ängstlich. Dabei habe ich von seinem ganzen Gerede keinen Buchstaben verstanden. Aber er ließ sich doch von Herberts fröhlicher Sicherheit fortreißen.

Der wird schon das Richtige getroffen haben, wenn er so vergnügt ist, suchte er sich klarzumachen.

Schwer erhob er sich aus seinem Sessel. »Geld werden Sie auch gebrauchen«, sagte er laut und fühlte sich rehabilitiert, weil ihm nun auch etwas eingefallen war. Er zog seine Brieftasche und zählte etliche Scheine auf einen kleinen Tisch. »Und jetzt wollen wir den Text des Schreibens abfassen, das Sie da wünschen. Ich bin mit Ihren Darlegungen einverstanden.« –

*

Kurz nachdem Herbert den Politiker verlassen hatte, lief der ans Telephon.

Die gewünschte Nummer meldete sich. »Verbinden Sie mich mit dem Herrn Direktor«, sagte der Politiker. Seine Stimme war außerordentlich heiser und erschöpft.

Es dauerte einige Minuten, bis Lehgarbe an den Apparat kam.

»Wo brennt's denn, Herr Doktor?« fragte er jovial. Er war darauf gefaßt, wieder mal um eine größere Summe Geldes angegangen zu werden.

»Herr Direktor, ich muß Sie unbedingt sprechen – nein, nein sofort« – rief der Politiker zurück.

»Na, dann kommen Sie nur zu mir«, sagte Lehgarbe. »Ich erwarte Sie in einer halben Stunde.« Er hängte an. Da haben wir die Bescherung, dachte er fröstelnd. Die Stimme von dem Mann war ja kaum wiederzukennen. –

Der Politiker eilte die Treppen hinunter. Es hatte sachte zu regnen begonnen. Weit und breit war kein Auto zu sehen. Wenn man's schon eilig hat, knurrte er. Schimpfend rannte er über die nasse Straße.

Einige Leute sahen sich amüsiert nach ihm um.

»Blödes Pack«, drohte er. »Ihr habt immer noch zu viel Zeit. Es geht euch noch nicht dreckig genug, wie?« Er hätte um sich schlagen mögen.

Endlich kam ein Wagen. Er sprang blind auf ihn zu und geriet in eine Pfütze. Seine Stiefel waren völlig durchnäßt. Ach, ist das Leben widerwärtig, dachte er und brüllte dem Chauffeur die Adresse in die Ohren.

Aber er stand noch früher vor Lehgarbes Kontor, als er verabredet hatte.

Ein Page meldete ihn. Er hatte die gleiche Größe wie Herbert, und sein Haar war von ähnlicher Färbung. Der Politiker fühlte erbittert, wie sehr er darüber erschrak. Über die Maßen erregt stolperte er hinter dem Jungen drein durch viele, viele Zimmer und über einen unendlich langen Korridor.

»Bitte, hier ist es ja«, sagte der Page. Er mochte verwundert sein, daß der Herr, der so oft schon hier gewesen war, an der Tür vorbeiraste.

»Danke, danke.« Der Politiker blieb zerstreut stehen. Er suchte in seinen Taschen nach etwas Kleingeld, aber da trat ihm Lehgarbe schon eilig entgegen.

»Kommen Sie nur, Doktor,« sagte er nervös und machte eine fahrige Geste, »kommen Sie nur. Mir ist nicht grad sonderlich wohl zumut, seit Sie mich angerufen haben.«

Woher weiß er denn schon wieder, was ich von ihm will, dachte der Politiker dumpf. Zu dem größeren Gefühl der Bewunderung reichten seine Kräfte nicht mehr. Er trat ins Zimmer. Lehgarbe zog fest hinter ihm die Türe zu. Da war man denn also wieder in diesem pompösen, leise verdunkelten Raum. Aber das behutsame Licht wirkte heute nicht im mindesten beruhigend auf den Politiker. Unaufgefordert ließ er sich in den nächststehenden Sessel fallen. Was kam's noch auf gesellschaftliche Zeremonien an, wenn seine Beine nicht mehr wollten. Er stützte den Kopf auf und keuchte ein bißchen. Dann drang wie aus weiter Ferne eine Stimme zu ihm hin. »Entschuldigen Sie nur, lieber Doktor,« sagte ihm jemand – Lehgarbe war's – »wenn Sie nicht bald zu reden anfangen, werde ich verrückt. Ich habe schließlich auch bloß Nerven.«

Da riß er sich zusammen. »Herr Direktor,« sagte er, »ich weiß kaum mehr ein noch aus. Der – der Holzdorf hat die Angelegenheit weiter erzählt. – Es soll eine Anzeige gegen ihn vorliegen. – Ich habe ihm heute zur Flucht verholfen. Er will jetzt nach Süddeutschland fahren, weil – weil er nicht mehr über die Grenze gelangen kann – – –«

»Ich habe schon vermutet, daß Ihr Besuch diese Angelegenheit betrifft,« meinte Lehgarbe sorgenvoll, »aber nun fassen Sie sich mal, Mann. Berichten Sie ausführlich, was geschehen ist. Die Sache kann gar nicht ernst genug genommen werden.«

Und der Politiker berichtete:

»Sie werden sich erinnern, Herr Direktor« – hier stockte er nochmals ein wenig – »gestern sind es zwei Wochen her, daß Holzdorf den Wiesel erschossen hat. Genau zwei Wochen. Den Tag darauf, also am Dienstag nachmittag, überbrachte er uns die belastenden Papiere.« »Ihnen, Herr Doktor, Ihnen überbrachte er sie«, schob Lehgarbe ein.

Der Politiker überhörte das geflissentlich und fuhr fort. »Dann sah und hörte ich nichts von Holzdorf bis – warten Sie, ich kann das auf den Tag ausrechnen – bis zum Mittwoch der darauffolgenden

Woche. Da erzählte mir irgendeiner, dessen Namen ich mittlerweile vergaß, daß ein gewisser Borchert, ein siebzehnjähriger Lümmel, dunkle Andeutungen gemacht hätte, die das Verschwinden eines Mannes aus unseren Kreisen – eben dieses Wiesel – beträfen.

Ich glaube, ich wurde blaß, als ich davon hörte. Ich ließ Holzdorf verständigen, er möchte mich umgehend aufsuchen. Er kam und gab mir sofort zu, daß er sich verraten hätten

Ich tat das einzige, was zu tun war; ich riet ihm, sich unwissend zu stellen und dem Borchert zu sagen, er habe niemals einen Mord begangen, sondern mit einer so imposanten und beschwerlichen Tat nur renommieren wollen.

Das war an diesem Mittwoch. So sehr ich herumhorchte, die nächsten Tage erfuhr ich über die ganze Angelegenheit kein Sterbenswörtchen mehr. Ich atmete wieder auf. Gott sei Dank, dachte ich, alles ist erledigt, aus der Welt geschafft und in Ordnung.

Da kommt gestern abend im Parteibüro, gerade als ich nach Haus gehen will, mein Sekretär auf mich zugestürzt: ›Denken Sie, Herr Doktor,‹ sagt er, ›man soll den Wiesel ermordet haben. Der kleine Holzdorf soll der Täter sein.‹

Mühsam bewahre ich Fassung. ›Unsinn,‹ antwortete ich, ›wo haben Sie denn diese Ente her?‹

›Ein junger Mensch war da eben bei mir,‹ gibt er aufgeregt zurück, ›Gruppenführer in einem unserer Verbände, der sprach davon, daß zwei Jungens aus seiner Riege diese Nachricht bereits an die Polizei gegeben hätten.‹«

Ich weiß nicht mehr, was ich dem Menschen erwiderte, ich war wie gelähmt vor Entsetzen. Ich nahm einen Wagen, jagte nach Hause und rannte die nächsten zwei Stunden wie ein Besessener in der Wohnung umher. Aber ich kam zu keinem Entschluß. Klar war mir nur, ich mußte den Holzdorf sprechen. Wie ich ihn jedoch erreichen sollte, wußte ich schon nicht mehr. Jemanden zu ihm schicken oder ihm gar schreiben – beides wollte ich um keinen Preis. Die Nacht tat ich kaum ein Auge zu.

Ein Glück, daß Holzdorf nun heute von selbst gekommen ist.«

»Und was haben Sie mit ihm gemacht?« Lehgarbe rückte, auf das äußerste gespannt, seinen Sessel ganz an den des Politikers heran.

»Ich habe ihm einen Brief geschrieben, der ihm im Süden die Tür jedes Parteifreundes öffnen wird. Ich habe geschrieben, daß er als mein besonderer Vertrauensmann von mir dazu ausersehen sei, die dortigen Jugendverbände neu zu organisieren.« – –

Der Tag verlor sich schon in trübem und ungewissem Zwielicht.

Lehgarbes Gesicht war ganz in schwärzliche Schatten getaucht. Dennoch war zu ersehen, daß er von Grund auf erschüttert sein mußte und sich in leidenschaftlichster Erregung befand. Das Spiel seiner Mienen wechselte unaufhörlich. Der kurze Spitzbart bebte. Seine Brust flog.

»Sie Esel,« schrie er plötzlich ganz laut, »Sie ungeheuerlicher Esel Sie – Sie haben den Brief natürlich auch noch mit Ihrem vollen Namen unterzeichnet!

– Ach halten Sie den Mund! Ich will nichts mehr hören! Kein Wort mehr!«

Der Politiker schnellte in die Höhe.

– »Fordern Sie mich meinetwegen«, brüllte Lehgarbe. »Fordern Sie mich, aber tun Sie mir den einzigen Gefallen und lassen Sie sich pensionieren. Ich bin gern bereit, Ihnen zu bescheinigen, daß Sie äußerste Ruhe nötig haben.«

»Herr Direktor«, würgte der Politiker endlich hervor. Er war schneeweiß im Gesicht und sah alt und verfallen aus. »Herr Direktor, um des Himmels willen, ich habe doch nur nach bestem Wissen und Gewissen gehandelt.«

»Das ist es eben«, sagte Lehgarbe, und seine Stimme stieg aus dem Zorn in eine eiskalte Überlegenheit hinein.

»Das ist es eben. Aber wozu soll ich mich weiter aufregen. Ich habe keinen Anteil an der ganzen Geschichte und will auch gar nichts mit ihr zu tun haben. Zudem darf ich Sie wohl ersuchen, vom heutigen Tage an Ihren Verkehr bei mir einzustellen; Briefe, Herr Doktor, müßte ich zu meinem Leidwesen ungeöffnet zurückgehen lassen.«

Der Politiker griff langsam nach seinem Hute. Auf dem Flur taumelte er ein wenig.

Ein Büromädchen wollte wissen, daß Lehgarbe im Konferenz-
zimmer viel gute Schnäpse verwahre.

III.

Herbert war von der Wohnung des Politikers geradeswegs zum Bahnhof gegangen, um sich nach dem bequemsten Zuge zu erkundigen.

– Nun saß er wieder daheim in dem engen, unwohnlichen Zimmer, das er in der ersten Ratlosigkeit gemietet hatte.

Morgen werde ich abreisen müssen, dachte er traurig und sah hinaus in den Regen, der pausenlos, leise herniederfiel.

Wie man sich doch wandelt. Vor drei Wochen wäre mir das Leben, das mir jetzt bevorsteht, bunt und prachtvoll erschienen und wie ein lockendes Abenteuer; nun habe ich ein Grauen davor.

Er begriff sich nicht mehr recht. Seine Wünsche und Gedanken wuchsen wie etwas Fremdes aus ihm heraus.

Warum habe ich den Heinz nur erschossen, überlegte er mühevoll und bemerkte erstaunt, daß ihn eine Aufwallung alter Zärtlichkeit gezwungen hatte, den Vornamen des Menschen zu gebrauchen, der ihm so schlecht und unwert erschienen war, daß er ihm das Recht abgesprochen hatte zu leben.

Ich bin uneins mit mir geworden, stellte Herbert fest; jetzt habe ich eine Schuld auf mich geladen. Er war glücklich, das Gefühl, das seit seiner Tat in ihm brannte, begründen zu können, denn noch immer sträubte er sich, einzusehen, daß die Tat selbst jene ungeheure Schuld war, die ihn so friedlos machte.

Aber es ist ja fruchtlos, darüber nachzugrübeln, störte er plötzlich die eigenen Gedanken, ich fange an, mich zu verheddern und mir selber im Wege zu sein. Allein er vermochte nicht, sich aus seiner Nachdenklichkeit herauszuzerren.

Solch ein Wahnsinn – ich habe noch so viel zu tun: listig suchte er sich zu überreden. Einige Abschiedsbriefe müssen erledigt werden, die Koffer wollen gepackt sein.

Blindwütig begann er in Schränken und Schubfächern zu hantieren; aber er war so zerstreut, daß er nur alles durcheinander brachte.

So geht das nicht, sah er schließlich ein. Er war namenlos erbittert: Jetzt sitzt der Herr Führer in seiner warmen, blinkenden Wohnung und liest seine Abendzeitung, und ich finde keinen Ausweg aus all diesem Wust hier. – – – Wie gut er heute Nacht schlafen wird, wie friedlich er ein- und ausatmen wird, und ich muß mich auf einem schlechten Bett herumsielen und mit bedrohlichen Schatten ringen.

In Herbert erwachte jählings ein tiefer höhnischer Neid.

Wenn ihm jetzt einer gesagt hätte, daß der Politiker hoffnungslos und vernichtet da unten durch die durchnäßten Straßen irrte, er hätte es weder geglaubt noch glauben wollen.

Mit einem Male klingelte es lebhaft und langgezogen.

Herbert schoß eine Blutwelle ins Gesicht. – Das können sie nicht sein, sprach er sich Mut zu, sie wissen ja gar nicht, wo ich wohne; meine Wirtin wird Besuch bekommen. –

Draußen im Gang klangen Schritte auf. Herbert war einer Ohnmacht nahe, als eine kurze Sekunde später jemand eindringlich und doch zaghaft an seine Stubentür pochte.

Er wollte sich Haltung geben, denen nicht zeigen, daß er sich halbtot fürchtete. Er wollte »Herein!« rufen, aber seine Stimme versagte.

Da sprang die Tür schon auf, und in ihrem Rahmen stand blaß und verlegen, dennoch aufrecht, als ob er fröhlich erwartet werde, Erich Borchert.

Herbert blieb vor Überraschung still stehen. Er kniff die Augen zusammen, öffnete sie wieder: es war keine Traumgestalt. Erich war wirklich da.

»Du wunderst dich, daß ich gekommen bin«, fragte der und ließ sachte die Tür hinter sich ins Schloß fallen.

Aber Herbert nahm es jetzt beinahe schon wie etwas Selbstverständliches. Er bemerkte erstaunt, daß er nicht mehr ein Quentchen verwundert war. »Ja, woher weißt du denn meine Adresse«, fragte er schließlich zurück, wohl nur, um überhaupt irgend etwas zu sagen. Er fand es selbst absonderlich, daß ihm an der Beantwortung dieser Frage, die ihm unendlich wichtig zu sein hatte, gar nichts lag.

»Ich habe dich gestern zufällig in dies Haus hier hineingehen sehn«, entgegnete Erich schnell. »Herrgott, ich bin so glücklich, daß ich dich gefunden habe.« Er stockte und senkte seinen schmalen, brennenden Kopf. »Ich muß dir etwas mitteilen Herbert. Ich, ich habe eine Vorladung von der Polizei erhalten.«

Herbert trat einen kleinen Schritt zurück. Sein Gesicht, das sich wieder ein wenig gerötet hatte, blaßte jäh ab, und auf seiner Stirne stand feucht und schimmernd ein spärlicher kalter Schweiß. Aber das dauerte nur eine Minute. Er fand sich wieder. Nicht zeigen, daß ich mich fürchte, dachte er und bemühte sich zu lachen. Und es gelang. Er stieß ein böses, verächtliches Lachen aus sich heraus.

Erich wurde rot. Das traf ihn tief, dieses Lachen, so tief, daß er alles vergaß, was er sagen wollte. »Ich weiß gut, daß ich die Schuld trage, Herbert,« sagte er leise, »ich habe dich ja verraten, aber du darfst nicht so lachen. Ich – ich bin doch nun zu dir gekommen. Ich will dich ja um Verzeihung bitten.«

Herbert hatte sich abgewandt. »Mich bittet jemand um etwas«, wiederholte er sich. Er versuchte, dieses Gefühl »um etwas gebeten zu werden« mit jedem Nerv zu erschmecken. Unglaublich beseeligend war es und kaum mehr zu fassen: er, armselig und verfolgt wie er war, sollte noch etwas zu vergeben haben. Mählich kam er sich reich und kostbar vor. Ich kann noch schenken, dachte er, ich kann noch helfen. Es machte ihn einfach größenwahnsinnig. Langsam und in der Bewegung wieder gesichert, drehte er sich zu Erich hin. »Es ist billig, hernach auch noch um Vergebung zu betteln«, sagte er beinahe starr. Viel zu spät erst machte er mit der rechten Hand dies winzige leere Zeichen, das seine scharfen Worte wieder einfangen und zurückleiten sollte. Aber Erich war völlig erblaßt.

Einen Atemzug lang spürte Herbert die schmerzlichste Reue. Das Bild jenes Morgens, des Morgens nach seiner Tat stand vor ihm: das Treppenhaus, das Zimmer von damals – – Nichtswürdiger Unsinn, dachte er, nun wird man noch sentimental. Er sah feindselig zu Erich hinüber. Jetzt forcierte er seine Enttäuschung bereits und seinen Haß, der so töricht erlogen war. »Ich finde, man sollte sich vorher überlegen, was man tut«, sagte er unversöhnbar. »Man würde sich selbst und allen anderen viele Peinlichkeiten ersparen.«

Erich war an das Fenster getreten. Er hatte den blassen Kopf gegen das Glas gelehnt. Das sah schön und traurig aus.

Jetzt tat Herbert seine Schärfe doch leid. Eine unbestimmte und leise Scham begann sich in ihm zu regen. Man hat mich gebeten, dachte er, ich hätte mehr Großmut beweisen müssen. Er machte den letzten Versuch, seine Härte vor sich selbst zu verteidigen. »Sieh dir bitte nur an, was du angerichtet hast«, sagte er. »Sieh es dir bitte an.« Er machte mit der Hand eine weit ausladende Gebärde. »All die Unordnung, all der Schmutz da ist dein Werk. Und morgen muß ich in die Fremde gehen, einer Ungewißheit entgegen und einer schwankenden Zeit.«

Es hatte eigentlich pathetisch geklungen und nicht ganz echt, was Herbert da geredet hatte, aber Erich mußte stottern, so hatte es ihn ergriffen.

»Ich weiß ja, daß ich unrecht getan habe«, sagte er demütig. »Ich bin ja auch hier, um dir Abbitte zu leisten. Hör' mich doch an, Herbert, ich hab' das doch nicht getan, um dir zu schaden. Ich hab' dich ja lieb. Versuch' doch, mich zu verstehen: mir war das Geheimnis, das du mir anvertraut hast, zu groß. Zwei Tage lang habe ich gekämpft und gekämpft, aber ich war zu schwach, um allein damit fertig zu werden. Ich habe es erzählen müssen, Herbert, zwei gleichgültigen dummen Burschen, die ich gerade traf, und die ich kaum dem Namen nach kenne; ich wäre wahnsinnig geworden sonst.«

Schweigsam und ungeschickt stand Herbert im Zimmer. Wie gut ich das verstehen kann, dachte er, und jeder Groll schien ihm nun unwahr gefärbt. Er hat es erzählen müssen, ich selbst habe es ja nicht bei mir behalten können. Wie töricht, daß ich nicht von allein darauf kam. Wie albern, darüber zu grollen.

Er wollte Erich die Hand hinstrecken, da fiel ihm der Rat des Politikers ein.

»Weißt du,« sagte er gezwungen und bemühte sich, pfiffig und dummjungenhaft dreinzusehen, »ich hab' nämlich überhaupt keinen Mord begangen. Ich hab' nur geprahlt.«

Erich warf erschreckt den Kopf in die Höhe. »Nein,« sagte er dann, »das ist gelogen, Herbert, das kann ja nicht wahr sein. Du bist nicht der Mensch, der mit einer solchen Tat spielt oder gar renommiert.« Er sah sich hilflos im Zimmer um. Es schien ihm, als sei er verraten worden. Das war beinahe absurd. Er hatte Herbert verraten, und nun verriet der ihn, aber anders, grausamer, schimpflicher. Seine Gedanken verwirrten sich. »Sag' doch endlich, daß du's getan hast«, schrie er Herbert an. Aber der schüttelte stumm seinen Kopf.

Da erblickte Erich die im Zimmer verstreut liegenden Bücher und Kleidungsstücke. – »Warum willst du denn fliehen,« fragte er, »wenn du kein Mörder bist?«

Herbert stockte. Auf eine Frage war er keineswegs vorbereitet gewesen. Aber Gott sei Dank kam ihm ein rettender Einfall. »Ja,« sagte er unglaubhaft, »der Wiesel ist seit einiger Zeit verschwunden. Ich darf dir natürlich nichts Näheres darüber mitteilen. Er soll in Parteiauftrag ins Ausland gefahren sein. Der Führer will nicht, daß sie ihm nachforschen. Das würde notwendigerweise geschehen, wenn ich verhaftet würde.«

Erich hatte die Lüge herausgehört. »Ich verdiene dein Vertrauen nicht mehr«, sagte er. Ein paar Tränen kullerten ihm die Backen herunter. »Da hast du ganz recht. Ich werde auch sofort gehen. Ich muß dir nur noch mitteilen, daß ich schon vernommen worden bin – in der Angelegenheit. Du hast mich vorhin unterbrochen. Es ist vor vier Tagen gewesen. Sie wußten nicht, was sie von der Sache zu halten hatten. Sie haben die Leiche bisher noch nicht finden können. Ich habe ausgesagt, daß alles ein Schwindel wäre, und daß du mir nie und mit keinem Wort von Wiesel oder gar von einer Mordtat gesprochen hast.

Leb' wohl, Herbert.«

Und ehe der noch ein Wort erwidern konnte, war Erich schon aus dem Zimmer.

Jetzt ist der Letzte gegangen, dachte Herbert. Der Einzige, antwortete eine Stimme aus ihm.

Langsam trat er zurück ans Fenster. Es hatte sich eingeregnet. Unaufhörlich rauschte das Wasser vom Himmel. Nun erst sah er, daß es schon finster war.

Nur nicht länger allein bleiben, nur jetzt nicht diese stummen, durcheinandergewirbelten Gegenstände ordnen müssen.

Er sah seinen Mantel, der zerknüllt und feucht noch über der Stuhllehne hing. Hastig zog er ihn an und begann, erregt und planlos nach seinem Hute zu suchen. Endlich fand er ihn versteckt unter einem riesigen Haufen schmutziger Wäsche. Er atmete erleichtert auf und stolperte zur Tür, aber als er sie hinter sich zuwerfen wollte, meldete sich plötzlich jäh und gebieterisch die Vernunft.

Herbert wandte sich um. Morgen früh sieben Uhr zwanzig geht dein Zug, dachte er, du wirst nie und nimmer fertig, wenn du jetzt davonläufst. Aber der Trieb, zu flüchten, heraus aus dieser schrecklichen Enge, aus diesem Tohuwabohu toter Dinge, die sich in keine Ordnung mehr spannen ließen, die hinterhältig und schamlos gegen ihn revoltierten, behielt die Oberhand.

Die Tür flog krachend ins Schloß. – – – –

»Wie herrlich«, jubelte Herbert, als er auf der Straße stand. Er ging beschwingt und fröhlich wie einst durch den Regen. Ein unendliches Lebensgefühl war mit einem Mal in ihm. Er hätte sich niederknien mögen, um den nassen Boden zu küssen.

»Liebe, liebe Erde,« murmelte er selig, »liebes, liebes, erhabenes Dasein.«

Er riß sich den Hut vom Kopfe und schleuderte ihn weit fort. Glück und Gebet, sie beide verlangen, daß man das Haupt entblößt.

Dann schritt er eine lange Zeit dahin, ganz überantwortet seinem glühenden Gefühl. Ganz anheimgegeben diesem tiefen und holden Wunder, schreiten zu können.

Als er zum erstenmal den Blick wieder aus sich erhob, war er schon zwischen den sanften, kleinen Häusern der Vorstadt.

»Wie das gießt«, lachte er und versuchte die Nässe aus Haar und Mantel zu schütteln. Lachend gab er es auf. Da klangen aus einer Helligkeit am Ende der Straße Töne von Musik und Wärme zu ihm herüber.

Herbert rannte auf einmal. Die Aussicht auf ein heißes Getränk, auf Behaglichkeit und schön erleuchtete Räume verwandelte seine Freude in Übermut. Vor dem Café machte er schnaufend halt, zog sich die Kleider zurecht, wühlte mit seinen Fingern in der verdorbenen Frisur und trat dann, die Füße fast stutzerhaft voreinander setzend, mit strahlenden Augen in den Vorraum.

Trotz des heftigen Unwetters waren nur wenige Gäste in der kleinen Konditorei.

Zwei Liebesleute, die unaufhaltsam flüsterten, hatten sich in eine verschwiegenere Ecke gedrückt. Einige Männer, die Skat spielten und unter Gelächter oder Gefluch ihre Karten klatschend auf den Tisch schmissen, schienen zur Stammkundschaft zu gehören. Blieb noch ein etwa sechzigjähriger Herr, der so interessiert in einer Zeitung las, daß er die Neuigkeiten, die er jeweilig zürnend oder mit einem Schmunzeln in sich aufnahm, leise nachsprach.

Herbert wählte sorgsam seinen Platz, nicht zu nah der Kapelle, nicht zu weit von den anspruchsvoll verhangenen Straßenfenstern, und nur durch zwei Tische von dem ruhigen, Zeitung lesenden Herrn getrennt. Er winkte dem bejahrten dicklichen Kellner, ließ sich eine Speisekarte herbeischaffen und machte umständlich und wichtig seine Bestellungen: starken, recht heißen Kaffee, Apfelkuchen und Schlagsahne.

Als dann alles bequem und appetitlich duftend vor ihm stand, kam er sich so recht wie ein verzauberter Prinz vor. Es schien ihm über die Maßen köstlich zu sein, so allein und geruhsam in einem Kaffeehause zu sitzen, genug Geld sein eigen zu nennen, um sich bescheidenste Wünsche zu erfüllen, und nichts weiter vorzuhaben, als eine prickelnde, leichte, entspannende Musik zu erwarten. – –

Schnell klangen die ersehnten Takte auf.

In diesem Moment wurde er zu seinem gewaltigen Ärger von dem alten Herrn angesprochen, der sichtlich aufgebracht über seine Zeitung hinweg zu ihm hinsah.

»Wie bitte?« fragte Herbert unfreundlich. Er hatte so sehr der Kapelle gelauscht, daß er überhaupt keine Worte mehr zu verstehen meinte.

»Ach,« sagte der Herr laut, »es ist schon schrecklich anzusehen, wie rapide die Unsicherheit in den Großstädten zunimmt. Innerhalb eines Monats der dritte Mord.«

Herbert blickte den Herrn befremdet an. Jede Erinnerung an die eigene Tat war ausgelöscht in ihm von der Musik, von seiner wunderbaren, rührenden, schwierigen Glückseligkeit. Was gehen mich irgendwelche Morde und die Unsicherheit der Großstädte an, dachte er achselzuckend.

Da fuhr der andere schon fort: »Man hat die Leiche eines jungen Menschen im Grunewald gefunden. Brustschuß. Vollkommen ausgeraubt. Nun bitte ich Sie.«

Herbert flimmerte es plötzlich vor den Augen. Er hatte die unabweisliche, tiefgründige Gewißheit, daß der Tote, den man da aufgefunden hatte, niemand anders sein konnte als Heinz Wiesel. In seiner Verwirrung trank er seinen Kaffee in einem Zuge aus und verbrannte sich dabei gehörig den Gaumen. Doch das hatte sein Gutes. Der Schmerz brachte ihn wieder zu sich. Vielleicht ist der Alte ein Spion, vielleicht will er mich zu einem Geständnis verlocken. Er überlegte eine Sekunde, ob er nicht unter einem beliebigen Vorwande die Flucht ergreifen sollte. Er könnte zum Beispiel sagen, daß er austreten müsse. Zuletzt aber siegte die Neugier. Er beschloß, dazubleiben. Er mußte jetzt wissen, ob er das Richtige vermutete, ob der Tote im Walde denn wirklich Heinz Wiesel war.

»Ja, ja,« sagte er eifrig – er versuchte auch seiner Stimme einen aufgebrachten und pikierten Tonfall zu verleihen – »es ist geradezu schrecklich, man wähnt sich direkt in den wilden Westen versetzt, wenn man heutzutage die lokalen Berichte in den Zeitungen liest.«

Der Herr nickte darauf ungemein befriedigt. Das mit dem wilden Westen hatte ihm außerordentlich gefallen. Wie klug diese jungen Leute heutzutage daherreden, stellte er wohlwollend fest. Unversehens wurde er geschwätzig. »Sehen Sie,« erklärte er nun schon freundschaftlich, »ich bin ein alter Kriminalist. Selbstredend längst pensioniert«, fügte er schnell und lächelnd hinzu, als er sah, daß Herbert erschrockene Augen machte. »Aber ich habe immer noch eine große Vorliebe für meinen ehemaligen Beruf. Und da verfolge ich denn alle Verbrechen, die sich ereignen, mit einem Eifer, den Sie nicht ganz verstehen werden, und der Sie eben ein wenig düpiert hat.«

»Soso«, meinte Herbert höflich. »Jetzt begreife ich es natürlich.« Er hatte mit einem Male die ganze, ungeheuerliche Komik seiner Situation erfaßt. So überlegen fühlte er sich nun, spürte eine solch phantastische Leichtigkeit in allen Gliedern, daß er beinahe lachen mußte. »Soso«, sagte er. Seine Stimme und Gebärde waren sicher und ausgeklügelt wie die eines Schauspielers. »Das neue Kapitalverbrechen ist also im Grunewald geschehen, sagen Sie?«

»Ja,« antwortete der Alte, »aber wenn es Interesse für Sie hat, lesen Sie den Bericht vielleicht einmal selbst nach.« Er reichte Herbert die Zeitung hinüber.

Diesmal beherrschte Herbert sich nicht mehr. Er riß dem Manne das Blatt fast aus der Hand.

Der hatte soviel Anteilnahme nicht vorausgesetzt. Aber er war nur um so angenehmer davon berührt. »Sie sind wohl gar ein angehender Jurist?« fragte er schmunzelnd und empfand eine steigende Sympathie für den jungen Herrn.

»Freilich«, entgegnete Herbert und suchte fiebernd nach dem Artikel. Er verstand nicht einmal, daß seiner Erregung, die ihn beinahe verraten hatte, eine unverfängliche, ja, wenn man wollte, sogar honorable Erklärung gegeben war.

Der Alte schwelgte nun geradezu in Entzücken. »Hm,« hüstelte er beschwerlich und selbstgefällig, »wenn man einmal bei der preußischen Kriminalpolizei war, dann weiß man stets gleich – sozusagen – auf den ersten Blick, mit wem man es zu tun hat.«

Aber Herbert hörte nichts mehr. Er hatte gefunden, was er so brennend suchte, eine knappe, kurze Notiz von wenigen Zeilen:

>»Gestern abend fanden Spaziergänger, die ihren Weg abkürzen wollten, im Grunewald, in einer Schonung an der Straße zwischen Teltow und Wannsee, die schon leicht in Verwesung übergegangene Leiche eines etwa fünfundzwanzigjährigen, gut angezogenen Mannes. Die Leiche muß bereits längere Zeit an Ort und Stelle gelegen haben.

Es dürfte sich unserem Vernehmen nach um einen Raubmord handeln, da dem Toten alle Papiere und Wertgegenstände entwendet waren. Auch wurde eine Waffe, mit der ein Selbstmord hätte verübt werden können, nicht aufgefunden.«

Herbert blieb starr sitzen. Er ist es, mein Gott, er ist es, dachte er. Zwischen Teltow und Wannsee – – das kann ja niemand anders sein. Er versuchte krampfhaft an andere Dinge zu denken . . . an das Wetter zum Beispiel, an den Kommissar, dem man um Himmels willen nicht auffällig werden durfte. Hinter der Zeitung verborgen, mühte er sich, sein Gesicht zu ordnen. Er glaubte, es müsse jetzt eine Falte darin sein, eine kurze, gefährliche, die keiner erkennen dürfe. Dann wagte er plötzlich, den Alten wieder anzusehen. – Der Alte blickte ihm kurzsichtig und wohlwollend entgegen. »Ja ja, Herr Kommissar«, sagte Herbert, wie um seine Stimme auszuprobieren. Sie war trocken und saß noch nicht fest. »Tatsächlich,« meinte er dann zwischen armem, armem Hohn und innerer Auflehnung, »das ist ja fürchterlich, schon wieder ein Raubmord.«

Der Kommissar war's zufrieden. Aber daß ihn ein Unbekannter instinktiv mit dem ihm gebührenden Titel ansprach, machte ihn überschwenglich und stolz. Er setzte ein ernstes und belehrendes Gesicht auf. »Das haben wir nur diesen neuen Methoden zu verdanken, daß die Verbrechen sich so rasend mehren«, sagte er gewichtig. »Jedem beliebigen Schurken gesteht man heute Minderwertigkeit zu. Ja ja, früher ist man strenger verfahren, und früher hat's auch geklappt.« Dann wurde er sentimental und feierlich. »Wenn Sie einmal Richter werden sollten, junger Freund,« – hier versuchte er, Haltung und Tonfall ein Warnend-Prophetisches beizumischen – »eines müssen Sie mir versprechen, kämpfen Sie an gegen die zu häufigen Begnadigungen.«

Herbert nickte matt mit dem Kopf. Er hatte nicht zugehört. Auch hatte er plötzlich ein Gefühl, als ob Kalk ständig und langsam an seinen Schläfen herunterriesele. Eine maßlose Erschlaffung bemächtigte sich seiner. Er sah auf die Uhr und markierte ein Erschrecken. »Ach, es ist schon halb zwölf«, sagte er, und schien es nicht für möglich zu halten. »Nun muß ich aber nach Hause gehn.« Er winkte dem Kellner, zahlte und verabschiedete sich so eilig, als sei er mit einem Male gejagt.

Der Kommissar suchte ihn noch zu halten. Er bedauerte nachdrücklichst, daß Herbert schon gehen wolle. »Es hat mich sehr gefreut«, sagte er ehrlich. »Man trifft selten so nette, kluge, nachdenkliche, junge Leute.«

– – – Als Herbert vor dem Lokal stand, fiel ihm ein, daß er überhaupt nicht wußte, wo er eigentlich war.

Er ging bis zur nächsten Ecke, sah nach dem Straßenschild: Linden-Allee. Die gibt es in jedem Stadtteil zweimal, dachte er zaghaft. Zurückzugehen und zu fragen, erschien ihm unmöglich. Er hatte keine Ahnung, wohin er sich wenden sollte.

»O dieser entsetzliche Regen«, murmelte er vor sich hin. Fröstelnd hüllte er sich in seinen Mantel.

IV.

Herbert hatte sich entschlossen, den Weg, den er gekommen war, zurückzugehen. Ein trauriger Rückmarsch war das. Ich will nach Hause gehen und abreisen, dachte er. Aber sein Gefühl rebellierte. Herbert kam sich machtlos und verlassen vor wie nie.

Man hat Wiesels Leiche gefunden, suchte er systematisch zu denken, man wird sie bald rekognosziert haben, – es liegt eine Anzeige gegen mich vor, man wird mich bald aufgestöbert und verhaftet haben. – Ich muß so schnell wie irgend möglich abreisen. – Reisen, reisen, reisen: er ertappte sich dabei, wie er das Wort in der Melodie eines kürzlich gehörten Schlagers in sich hineinsang.

Er wurde ernstlich auf sich böse. Ich bin ein unernster, unreifer Bengel, sagte er sich. Aber auch das änderte seine Situation in keiner Weise.

Wenn ich nur wüßte, wo ich mich eigentlich befinde, überlegte er schließlich wieder; zu dumm, wenn man so blindlings dahinrennt. Ich finde mein Lebtag nicht mehr heim. – – –

Die Straße dehnte sich blind und menschenleer vor ihm in die Unendlichkeit. Eine Fahrgelegenheit schien es in diesem Stadtteil nicht zu geben. Weder Schienen noch Leitungsdrähte kündigten an, daß hier eine Trambahn hindurchführe, noch war ein Auto oder auch nur eine wackelige Pferdedroschke zu sehen.

Das ist die Nacht, dachte Herbert, uferlos und ungeheuerlich, wie man sie nur aus Abenteurerromanen kennt.

Er lief immer geradeaus, denn er glaubte auch auf dem Hinweg geradeaus geschritten zu sein.

Aber seine verwunschene Glückseligkeit hatte ihn kreuz und quer herumgeführt.

Schließlich merkte er, daß er sich getäuscht hatte. Die Gegend veränderte mehr und mehr ihr Gesicht. Schon waren die Häuser seltner geworden, schon grenzten Baugelände und wild rauschende Baumgruppen an den Rand der Straße. Schon sah er grau und verschwommen im Regen den Wald auftauchen.

Vor Ratlosigkeit fing er an zu weinen. Wenn doch wenigstens ein Mensch käme, betete er; aber weit und breit war niemand zu sehen.

Es ist das beste, ich kehre um, dachte er schließlich. Aber diesen vernünftigen Gedanken schwemmte eine Welle kindischen Trotzes fort. Jetzt gehe ich meinen Weg zu Ende, sagte er laut in den Regen, jetzt mache ich keine Kompromisse mehr.

Die Vernunft wehrte sich noch. Was ist das für ein Weg, den du zu Ende gehen willst, fragte sie schnippisch, warum willst du keine Kompromisse mehr machen? Erkläre mir doch bitte, was das für ein Kompromiß wäre, wenn du umkehrtest, wo du doch selbst siehst, daß du auf diesem Wege niemals nach Hause und in Sicherheit kommst? – »Blödsinn«, schrie Herbert in den Regen und rannte weiter.

Zeiten vergingen, die eine Ewigkeit in sich trugen. Längst hatten Straße und Felder aufgehört, er lief zwischen Bäumen und niederem Gehölz.

Wie ein Amokläufer, dachte er, als er wieder zu denken anfing. Seine Kleider saßen wie angebacken auf seinem Leib. Ich werde mir den Tod holen, dachte er und raste weiter. – Und die Nacht raste hinter ihm. –

Aber irgendwann versagten die überanstrengten Organe. Ganz unerwartet riß es ihn aus der Bewegung zur Erde. Herbert stieß einen winzigen, heimlichen Wehlaut aus. Sein Herz klopfte zum Zerspringen, in den Lungen hämmerte es, Brust und Rücken schmerzten, als seien sie verbrüht.

Er lag keuchend auf der Erde. Weiter, weiter, dachte er. Ich muß noch viel, viel weiter. Mit unendlicher Anstrengung raffte er sich auf. Vor seinen Augen tanzten feurige Farben.

Vielleicht verrecke ich, sann Herbert. Vielleicht – und er schleppte sich vorwärts.

Daß er vielleicht sterben würde, gab ihm etwas von seiner Kraft zurück. Er war bemüht, eine trockenere Stelle am Boden zu finden, wo er sich hinkauern könnte, um den Tod zu erwarten.

Er malte sich das genau aus. Wunderschön würde es werden, er würde weiß und bleich unter einem Baume liegen, er würde sich langsam, langsam hinüberträumen, aber mit einemmal würde eine ungeheuerliche Lichtwelle den Wald überschwemmen, alle Glocken würden läuten, und er würde im Himmel sein.

Das ist das Fieber, empfand er plötzlich.

Da sah er einen matten Schein. »Noch nicht, noch nicht«, schrie er auf. Er hatte eine unermeßliche Angst, daß das Licht hereinbräche, ehe er bereit war.

Plötzlich stand ein Mann vor ihm.

Das ist der Tod, dachte Herbert, nun kommt er, um mich fortzunehmen. Er wurde ganz leicht, dann fiel er kerzengrade hintenüber.

*

– – – Herbert erwachte aus seiner Ohnmacht dadurch, daß jemand inständig und hart seine Schläfen rieb.

Er sah sich verwundert um. Ich bin in einem Wald? staunte er; außerdem scheint es zu regnen. Er fühlte auch, wie seine Kleider naß und schwer an seinem Körper klebten. Und da kehrte ihm das Wissen um die Erlebnisse seiner letzten Stunden in die Erinnerung zurück.

Alle auf einmal fielen sie ihm ein: der Politiker, Erich Borchert und der Kommissar aus dem Vorstadtcafé, sein seliger Gang und sein verzweifelter, furchtbarer Schnellauf in die Leere.

Wie sonderbar solch ein Leben ist, dachte er. Und bemerkte erst jetzt, daß die Erhöhung, auf der weich und warm sein Kopf ruhte, der Schoß eines Menschen war, und daß zwei Hände ihm unablässig über Stirn und Schläfen strichen.

Diese Entdeckung schien ihm von unerhört großer Tragweite zu sein. Dem Anschein nach war ich ohnmächtig, memorierte er, und diese zwei Hände dort, die möglicherweise schon lange Zeit um mich besorgt sind, haben mich aufgeweckt. – Wie sanft und gut es ist, gepflegt zu werden, wie wundervoll und märchenschön solche zwei Hände sind, sagte er sich und beschloß, sich nicht zu rühren, damit ja diese Hände nicht fühlen mochten, daß er ihrer Pflege schon nicht mehr bedürftig sei. – Ach, wenn ich mein Leben lang so liegen dürfte, unter diesen ehrlichen und gleichmäßigen Strichen dieser Hände, ich wollte sogar verschmerzen, daß ich wieder erwacht bin.

Er blieb still liegen. Aber wenn nun das Licht kommt, durchzuckte es ihn jählings, wenn nun das Licht kommt, das mich verrät?

Nein, die Hände, diese himmlischen streichelnden Hände durften nicht spüren, daß er sie betrog. Er richtete sich sehr schnell auf und sagte ganz unvermittelt: »Ich danke Euch, daß Ihr mir geholfen habt, aber es geht jetzt schon wieder und, ich muß heut noch viel, viel weiter.«

Er sprang mit einem Ruck in die Höhe, bereit, von neuem in diese entsetzliche Nacht zu tauchen; da riß es ihn plötzlich herum. Ein schmaler, ärmlicher Schein bespülte ihn, dünn wie dies Licht, das ihm vorhin aus dem Dunkel entgegengeronnen war.

Einige Sekunden mußte er heftig blinzeln. Als seine Augen endlich das Licht ertrugen, gewahrte er einen großen, kräftigen Mann, der bärtig und mit einem weiten und flächigen Gesicht, eingehüllt in phantastische Lumpen, ihm gegenüberstand.

»Aber Sie blenden mich ja«, sagte er gereizt. »Machen Sie doch Ihre Lampe aus.« Daß diesem Manne die Hände gehören könnten, die ihm soeben noch ein Märchen verwirklicht hatten, kam ihm gar nicht in den Sinn.

Der Mann knipste wortlos die kleine Taschenlaterne aus.

– – Wie kommt er nur zu solcher Stunde hier in den Wald, dachte Herbert; angespannt wartete er darauf, daß der Unbekannte, den er in dieser wildatmenden Finsternis nur schwach umrissen zu sehen vermochte, das Wort an ihn richten würde.

Der Mann blieb still.

Er hat so lautlos pariert, dachte Herbert, als ich ihm auftrug das Licht zu löschen – möglicherweise fürchtet er sich vor mir. Das wäre denn doch – dieser Riese da sollte Furcht vor ihm empfinden. Ihm fiel ein, daß der Waldmensch ihn mit einer einzigen Bewegung seiner Hand umwerfen konnte.

Er war nicht imstande sich darüber schlüssig zu werden, was er von diesem Manne zu halten hatte, der auf diese verblüffende, beinahe mystisch zu nennende Art in sein Leben getreten war.

Vielleicht hat er nur gehorcht, weil er das Gehorchen gewohnt ist, suchte Herbert sich abzufinden. Er hatte das Richtige getroffen. Gehorchen heißt dienen. - - - - - - Herbert wagte einen Gedankensprung: Dann ist er es gewesen, der mich vorhin aus meiner Ohnmacht zurückrief, dachte er und fühlte Dank und Enttäuschung in einem. Er hätte sehr gern an eine wunderbarere Errettung geglaubt.

Er tastete nach seiner Manteltasche. Die Feuchtigkeit hatte den Stoff zusammengeklebt und schief gezogen. Ihm war beigekommen, daß er noch irgendwo ein paar Zigaretten haben mußte. »Rauchen Sie?« fragte er leise zu dem Manne hinüber. »Gestatten Sie mir, daß ich Ihnen eine Zigarette anbiete? Wahrscheinlich sind sie alle ein wenig naß geworden, aber es würde mich freuen, wenn Sie sie trotzdem annähmen.«

Der Mann brummte etwas Unverständliches. Er trat einen Schritt näher und faßte nach dem etwas schäbigen Lederetui, das Herbert ihm entgegenstreckte.

Herbert tat seine anfängliche Schroffheit schon leid. Es rührte ihn, daß dieser große mächtige Mann seine kleine lächerliche Gabe nicht verschmähte.

»Wenn es Ihnen angenehm ist,« sagte er schüchtern, »so zünden Sie Ihre Lampe nur wieder an. Sie können sich dann die trockenste heraussuchen.«

Der hilflose Schein flammte wieder auf. Der Mann nun griff offensichtlich beglückt in das Etui hinein, nahm sich eine Zigarette und zog aus einer Tasche, deren Existenz in dem zerlumpten Anzug eigentlich recht verwunderlich war, eine Schachtel Streichhölzer.

»Sie wollen gar nicht brennen«, sagte er nach mehreren vergeblichen Bemühungen, eines zu entzünden, traurig zu Herbert. »Dieser verfluchte Regen!« – –

Aber dann ging es plötzlich doch.

»Nein, nein, geben Sie sich nur zuerst Feuer,« sagte Herbert eifrig, »sonst geht es bloß wieder aus.« – Eine Sekunde lang, ehe Sturm und Regen die Flamme wieder auslöschten, war das Gesicht des Mannes unheimlich beleuchtet. Mein Gott, woher kenne ich dieses Gesicht, dachte Herbert. Er überlegte einige Sekunden. Wenn dieser verwüstete Bart nicht wäre, wenn diese langen filzigen Haare kurz geschoren und geordnet wären – – – Er fühlte, wie sein Herz aussetzte, als ihm plötzlich der Name des Mannes einfiel.

»Gorrmann,« sagte er ganz blaß, »ich denke, Sie sind in Amerika, Gorrmann. Um Gottes willen, was tun Sie denn noch hier in Berlin?«

Gorrmann zuckte zusammen. »Ja wer – wer sind Sie denn«, stammelte er. Er hielt sich reglos wie ein Käfer. Er war ganz betäubt vor Schreck. »Woher kennen Sie mich denn?«

»Ich heiße Holzdorf,« sagte Herbert, »Herbert Holzdorf. Wir haben uns bei Wiesel kennen gelernt. Es wurde von einem Attentatsplan gesprochen, wenn Sie sich erinnern.«

Gorrmann rührte sich wieder. Er atmete laut und erleichtert aus. »Sie werden mich ja nicht verraten«, sagte er und hatte nur noch wenig Mißtrauen in der Stimme. »Ich hätte Sie ja erschießen müssen, wenn Sie nicht einer von den unsern gewesen wären.«

Herbert konnte darauf nichts erwidern, weil er sehr unvermittelt von einem langen, krampfartigen Gelächter übermannt wurde. »Nein nein,« gurgelte er nach einer Weile, »wäre das komisch gewesen. Erst retten Sie mich, dann wollen Sie mich um die Ecke bringen. Sie sind schon ein etwas absonderlicher Herr.« Abermals verlor sich seine Sprache in heiserem und heftigem Lachen. »Ja und wissen Sie auch, daß ich Ihre Hände vorhin für die Hände einer guten Fee, eines Schutzengels oder irgendsonstsowas gehalten habe?«

Gorrmann sah etwas verwundert auf Herbert herab. »Aber« – – sagte er, doch er brach schnell wieder ab, weil er wirklich nicht mehr zu sagen wußte.

Herbert war wieder ernst geworden. Daß ich gerade ihn treffen mußte, dachte er, aber sicherlich ist es zum Guten, wenn uns das Schicksal zusammengeworfen hat. Wir beide haben uns gegen das Leben vergangen, da mag's denn wohl sein, daß wir zusammengehören.

Er sah nun noch einmal aufmerksam zu Gorrmann hinüber, da peinigte es ihn, daß der so dumpf, so hemmungslos überrascht vor sich hinstierte. Dem war er denn doch unendlich überlegen. Er kam sich sehr gescheit und vornehm vor. »Gemütlich ist's ja hier nicht,« sagte er großartig, »aber ich meine, daß wir beide uns in diesem Zustande und unter diesen Verhältnissen nicht besonders gut sehen lassen können. Ich würde mich gern noch ein wenig mit Ihnen unterhalten. Setzen wir uns vielleicht auf diesen Baumstumpf dort.«

Gorrmann war's zufrieden. »Wenn Sie noch eine Zigarette hätten«, bat er.

»Aber bitte nehmen Sie nur«, sagte Herbert und diesmal reichte er sein Etui mit der Geste eines Grandseigneurs hinüber.

Dann saßen sie schweigsam rauchend einige Minuten nebeneinander.

»Ja nun erzählen Sie aber, wo Sie herkommen, wo Sie hinwollen, was Sie machen, Gorrmann«, sagte Herbert. »Ich habe Ihren Steckbrief gelesen.« Gorrmann zuckte zusammen. »Sie brauchen keine Scheu vor mir zu haben, wir sind sozusagen – Kollegen.«

Gorrmann verstand fürs erste nur, daß Herbert seinen Steckbrief gelesen hatte. »Sowas,« sagte er gerührt, »Sie sind ein echter Kamerad, Herr Holzdorf.«

»Kollegen sind wir, Gorrmann,« sagte Herbert und wiederholte, um seine aufsteigende Scham zu unterdrücken, dieses zynische Wort; »das bindet weit mehr aneinander als so ein simples bißchen Kameradschaft.«

Und Gorrmann begriff wieder nicht. »Ich verstehe nicht, was Sie meinen«, beteuerte er ratlos. Er kam sich ungemein dumm vor. »Sie müssen einfacher mit mir reden.«

»Na, Sie können ja schließlich nicht ahnen, daß ich den Wiesel erschossen habe.« Herberts Ton wurde schroff und zurechtweisend.

»Was Sie sagen«, meinte Gorrmann entsetzt. »Der Herr Wiesel lebt nicht mehr.«

Herbert nickte mit dem Kopfe.

»Aber daß gerade Sie ihn erschossen haben,« sagte Gorrmann, »gerade Sie.«

Herbert fuhr in die Höhe. »Persönliche Bindungen haben hinter dem Wohl der Partei zurückzutreten«, sagte er scharf und automatenhaft.

Gorrmann wollte etwas bemerken.

»Lassen Sie nur,« sagte Herbert, »ich habe ganz gut gemerkt, worauf Sie anspielen wollen. Wiesel war ein Spitzel. Er hat aus dem Wege müssen. Ihm ist nicht mehr als recht geschehen.«

»So arbeitet die Vehme«, flüsterte Gorrmann, und in seinen Augen stand plötzlich ein Grauen.

– – – Der Regen hatte allmählich nachgelassen, aber der Sturmwind tobte weiter. Er gröhlte in den Baumkronen, schleuderte sie tapsig hin und her. Sekundenlang war der offene Gewitterhimmel zu sehen. Unablässig jagten Wolken vorüber. Gespenstisch und riesenhaft schossen sie dahin.

Wie Menschengesichter, dachte Gorrmann. Wie Menschengesichter im Todeskampf.

Herbert hatte nicht in die Höhe geschaut. Er war ganz an das große Rauschen gegeben, das den zerwühlten, farblosen Wald tönen ließ. In solcher Nacht, dachte er, sitze ich hier – ausgeliefert an solch gewaltsame Luft, an solch gewaltsamen und einfältigen Mann, der zehn Leben gemordet hat. Er wurde zage und wehmütig. Er hätte jetzt eine Mutter haben mögen.

»Gorrmann,« sagte er leise, »sprechen Sie doch bitte was. Es ist so grauenhaft. Ich habe so viel Furcht, Gorrmann.«

»Durch ganz Deutschland haben sie mich getrieben, wie verzerrte Menschengesichter sehen die Wolken aus«, sagte Gorrmann. »Der letzte, der starb, war zum Beispiel noch ganz jung. Wissen Sie, er hat die Augen nicht zugemacht. Also: die Augen waren vollkommen aus den Höhlen getreten.«

Er sprang aus und zeigte in die Luft: »Sehen Sie, da fliegt er vorbei, Holzdorf, immer fliegt er vorbei, wenn Wolken sind.« Gorrmann fing plötzlich kindisch an zu schluchzen.

»Wie bitte?« fragt Herbert und ist schon mit hineingerissen in Gorrmanns Zusammenbruch. Sein Gesicht verzerrt sich unsäglich, und seine Arme, die irrsinnig in die Luft schnellen, scheinen die

Worte suchen zu wollen, die ihn seine Verwirrung nicht finden läßt. »Wie bitte?« fragt er noch einmal. Die Arme sinken schlaff herunter, aber die Entstellung in seinem Antlitz dauert fort. Und dann stürzen die Worte aus ihm heraus. Seine Sprechweise ist lallend und erinnert an die eines Betrunkenen. Er verwendet fast ausschließlich die gleichen Vokabeln, nicht etwa, weil es ihm schwer erscheint, seine Gedanken richtig einzukleiden, sondern aus der unbewußten Sucht, seinen Vortrag bedeutsam und eindringlich zu gestalten. Bei der Fülle der ihn bedrängenden Dinge, der auf ihn eindringenden Gesichte ist es kaum verwunderlich, daß alles dennoch ungeordnet aus ihm herausbricht. Er widerspricht sich häufig, macht die bizarrsten Gedankensprünge, ist im äußersten Ausmaße unlogisch, und doch ist seine Rede von einer fast magischen Gewalt. Gorrmanns Schluchzen wird leiser, ja er schluchzt zuletzt beinahe sinnlos, da er im Anhören Herberts den Grund seines Aufweinens vergessen hat. Oft macht er empfindsame kleine Gesten mit den Fingern, namentlich bei Sätzen, die er ohne weiteres versteht, und die ihn persönlich besonders stark anzugehen scheinen. Man sieht es seinem Gesicht an, daß er eine Menge Fragen zu stellen hat. Aber weder wagt noch wünscht er, Herbert zu unterbrechen.

Herbert fühlt, daß eine große Macht von ihm ausgeht. Er entzündet sich an diesem Gefühl vollends. Schließlich geht er an den Anfangspunkt seiner Rede zurück und wiederholt beinahe alles, was er gesagt hat, aber geordneter und übersichtlicher.

»Es ist wohl«, sagte er, »eine besondere Eigenschaft Ermordeter, daß sie die Augen nicht schließen. Ja ich bin überzeugt, daß nicht einmal eine nachträgliche Abbitte oder gar nur ein gütliches Zureden sie dazu veranlassen könnte. Ich habe den Wiesel sogar mit meinen Füßen getreten, aber auch dies fiel nicht weiter ins Gewicht. Im Gegenteil, wenn ich es recht bedenke, ist dieses Argument nicht allein ein Versager gewesen, es ist auch gegen mich ausgefallen. Denn ich sah, daß der Tritt so wehrlos und stumpf hingenommen wurde, daß ich erzitterte.

Merkwürdig, von da an fühle ich mich schuldig. Bitte sagen Sie doch selbst: ein Spitzel ist ein Spitzel. Es hat gar nichts damit zu tun, daß ich ihn geliebt habe, auch steht es in keinerlei Zusammenhang damit, daß durch diese Tatsache, daß Wiesel ein Spitzel war, meine

Liebe beleidigt wurde. Ein Spitzel ist ein Spitzel und muß erschossen werden. Ich war da im Recht, als ich geschossen habe. Dann hat er auf dem Boden gelegen. Ich habe nämlich verdammt gut getroffen. Rundes Loch grade über der Herzmuskulatur. Ja, denke ich, da liegt der nun, den du vor einer Woche noch glühend geliebt hast, der dir Vater und Mutter und deine ganze hochlöbliche Familie ersetzen sollte. Mir wurde einfach schlecht vor Kummer, und dann kam noch die Angst hinzu: Ein Unberufener könne vorüberkommen. Ich zögere, warte noch. Die Sonne geht unter. – Überhaupt die Sonne: das war ganz großartig, sage ich Ihnen. Der Wald war völlig überschwemmt von Licht. – – Also, das Licht fließt ab, bleibt eine knappe Lache, in der der Tote liegt. Ich warte noch, schließlich verrinselt auch sie. Ich trete hin zu dem Toten, – und er hat die Augen weit offen.

Da stoße ich mit meinen Füßen nach ihm – ich bin auch heute noch der Ansicht, daß er aus Bosheit die Augen offenhielt, – und er nimmt meinen Tritt ohne jede Gefühlsregung hin.

Von da an fühle ich mich in irgendeiner Beziehung schuldig. Nicht wahr, das ist kurios. Aber es ist auch wiederum berechtigt, denn ich meine, daß selbst ein Spitzel das einfache Recht hat, sich gegen Fußtritte zu wehren. Ich halte nämlich Fußtritte für etwas besonders Erniedrigendes. Also das Schuldgefühl ist berechtigt, ich, ich habe ihn unfähig gemacht, einen Widerstand zu leisten.

Auch fällt mir ein, daß ich einmal in meinem Leben ein ganz großes Glück erlebt habe. Es kann noch gar nicht allzu lange her sein. Ein sonderbarer Tag war das: meine Kleider, meine Bücher, meine Koffer, alles, was ich besitze, hatte sich gegen mich verschworen. Der einzige Mensch, der mich noch liebte, und den ich vielleicht auch geliebt habe, war auf Nimmerwiedersehen von mir gegangen.

Da rannte ich auf die regnerische, naßkalte Straße hinaus und war ganz plötzlich unendlich selig.

Der Wiesel ist ein Spitzel gewesen. Ich betone das immer wieder, weil es von großer Bedeutung ist, und weil er darum aus der Welt verschwinden mußte. Aber sehen Sie, er hat doch das Recht gehabt, auch glücklich zu sein. Und nun frage ich Sie, kann er noch so selig über eine regennaße Straße gehen? Nein, nein, er kann es nicht, das ist ausgeschlossen. Ich bin schuldig.«

Und jetzt sagte Herbert etwas, was er das erste Mal in der größeren Verwirrung nicht gesagt hatte.

Er sagte es laut und entzündend: »Man darf nicht töten!«

Einen Moment lang war er selbst fassungslos darüber. Er wollte diesen Satz überlegen, da schrie Gorrmann ihn schon zurück: »Man darf nicht töten, man darf nicht töten, man darf nicht töten!«

Herbert kroch auf allen Vieren zu Gorrmann. Er legte seinen Kopf in dessen Schoß und mußte jämmerlich weinen.

Aber auch Gorrmann ist nicht imstande. den eigenen Aufschrei zu begreifen. Wie, denkt er, man darf nicht töten? Aber was habe ich denn im Kriege getan? Er entsinnt sich einer jungen polnischen Bäuerin, die er erschießen mußte, weil sie den Russen Lichtsignale gegeben hat. Das ist doch recht so gewesen, sagt er sich, das hat doch so sein müssen. Plötzlich werden seine Gedanken zu Worten. »Bitte,« sagt er und ahnt nicht einmal, daß er fast brüllt, »bitte, ich habe auch jetzt wieder auf Kommando meiner Vorgesetzten getötet. Das war in der Ordnung. Das ist Brauch so. Man hat mir gesagt: ›Schieß, da ist ein schlechter Soldat!‹ Ich habe geschossen. Man hat mir gesagt: ›Schieß, da ist ein Verräter!‹ Ich habe geschossen. Ich habe einige Male Geld dafür genommen. Aber das ist doch gleichgültig, unwichtig. Albern wäre es, mir daraus Vorwürfe zu machen. Ich habe geschossen und Geld genommen. Hätte ich nicht geschossen, hätte ich den Tod nehmen müssen. Dabei fällt mir ein, daß Geld vielleicht das Leben selbst ist. Nun, ich habe das Leben genommen und nicht den Tod. Wer will mir daraus einen Vorwurf machen – – ha ha.« Er beginnt zu lachen. Herbert wird von diesem Gelächter getroffen wie von einem scharf knallenden Schlag. Er versucht, sich aus Gorrmanns Schoß zu wälzen, aber er ist zu schwach dazu. Er krümmt sich und sein Weinen schwillt an.

Gorrmann unterbricht sein Lachen. Er tastet mit der Hand nach Herberts Kopf. Doch seine Finger zittern mit einem Male so, daß er ihn nicht streicheln kann. Er gibt sich einen Ruck. Noch will er sich ablenken, aber sein Gesicht stürzt ganz zusammen.

»Ja,« sagt er und wird hilflos und leise, »es ist da noch etwas anderes da. Die Wolken zum Beispiel. Die Wolken – – –« Er schweigt sinnlos und sieht zum Himmel hinauf. Dann bricht er nieder. »Man darf nicht töten,« murmelt er, »man darf nicht töten. Ich bin schuldig.« – – – –

Langsam wurde es hell. Nebel stiegen vom Boden auf und hauchten den Himmel an mit falbem, trostlosem Grau.

Wortlos saßen die beiden beisammen.

»Wir müssen gehen«, fordert mit einem Male Herbert. »Wir müssen uns trennen.«

Gorrmann erwidert nichts.

»Nehmen Sie das mit«, bittet Herbert. Er zieht sein verfärbtes gänzlich deformiertes Etui wieder hervor und steckt es zärtlich in Gorrmanns Tasche. »Es hat zwar in dieser Nacht den letzten Rest bekommen,« sagt er dann noch, »aber es soll ja doch nur ein Andenken sein.«

Da erinnert er sich, daß er noch viel Geld bei sich trägt. Er faßt nach einer Banknote. »Da«, sagt er und sieht gar nicht hin, wieviel er gibt. »Versuchen Sie damit fortzukommen.«

Gorrmann hat sich aufgerichtet. Er ordnet seine zerweichten, phantastischen Lumpen, teilnahmslos läßt er sich die Geschenke zustecken, er sagt nicht danke – er geht.

– – Nun ist er im Nebel nur noch ein schwächlicher unsinniger Schein, denkt Herbert. Nun geht er – wer weiß wohin – in die Freiheit oder in die Entsühnung.

V.

Um halb sieben Uhr kam Herbert nach Hause. Er war übermüdet und bleich. Eine dicke Schmutzschicht bedeckte Gesicht und Kleider. Was soll ich nur machen, überlegte er und blieb unentschlossen. Schließlich begann er sich auszuziehen. Ja, Sommermantel und Anzug waren nun endgültig dahin. Aber das war im Grunde genau so entsetzlich gleichgültig wie alles andere auch. Eine gewisse Freude machte es wohl noch, die Lumpen in eine Ecke zu feuern, aber man merkte nur zu bald, daß diese Freude kindisch war, und daß man sich ihrer eigentlich zu schämen hätte.

Er stand in Unterhosen in dem häßlichen, unaufgeräumten Zimmer. Es war unvernünftig kalt. Er hatte eine Gänsehaut und fror erbärmlich. Das ist ein gesegneter Herbst, dachte er und fror. Seinen zweiten Anzug hatte er gestern, ehe er weggegangen war, über den Tisch gebreitet. Nun war es der einzige, den er überhaupt noch besaß.

Er kroch langsam in die Hosen. Der Blutfleck war noch am Jackett. Herbert sah ihn und lachte nervös.

Irgendwo fand er auch seinen Winterpaletot. Gott, es war ein wenig zu früh, um ihn anzuziehen, aber ein Anrecht auf Eitelkeit durfte er sich wohl kaum noch zugestehen.

Er hatte den Mantel bereits zugeknöpft, hielt schon die Türklinke in der Hand und war bereit, wieder fortzugehen, als ihm einfiel, daß er sich endlich irgendwie entscheiden müsse.

Er spürte es fast körperlich, daß eine Entscheidung zu treffen war, so oder so – nach irgendeiner Richtung. Einmal konnte er abreisen nach dem Süden, wie es der Politiker geraten hatte, und das andremal konnte er – ja, was konnte er denn noch? – Für ihn gab es gar keine andere Möglichkeit als die Reise.

Er überlegte und überlegte. Immer deutlicher wurde ihm bewußt, daß es einen zweiten Weg gab, der besser und würdiger war als die Flucht, aber nichts mehr wollte ihm einfallen.

Zuletzt zerflatterten alle Gedanken. »Wozu sich noch anstrengen?« sagte er höhnisch und stampfte mit dem Fuß auf. »Dann reise ich eben«, schrie er – und merkte erst jetzt, daß er aus lauter Verzweiflung wütend war.

Er öffnete seine beiden Koffer, warf, was hineinging, hinein, schloß sie und eilte aus dem Zimmer. Es war, als hätte ihn eine neue Panik ergriffen. Aber auf der Treppe merkte er doch, daß er sein Gepäck vergessen hatte. Ach, ich hole den Krempel nachher, beschloß er, und stand schon in der kühlen Zugluft des Hausflurs.

Dann ging es eine Weile planlos kreuz und quer, bis sich der Hunger meldete. Da trat er in ein kleines Café, das grade am Wege lag, und frühstückte. – Wie er plötzlich darauf verfiel, Erich Borchert noch einmal sehen zu wollen, wurde ihm auch später nie völlig verständlich. Er fühlte sich von einer betäubenden und enervierenden Unruhe ergriffen und verstand schließlich, daß sie aus einer grotesken und fanatischen Sehnsucht herrührte, einer Sehnsucht, die um so verwunderlicher war, als sie nicht aus ihm herausgewachsen zu sein schien, sondern ihn einfach wie von außen her überfallen hatte.

Er zahlte hastig und ohne den Gruß des Kellners zu erwidern. Er lief atemlos durch viele Straßen, die melancholisch und zärtlich waren. Dann stand er endlich vor Erichs Fenster.

Dort oben muß es sein, überlegte er. Die Gardinen waren weit zurückgezogen und einer der Flügel stand ein wenig geöffnet. Vielleicht hat er nach mir ausgesehen, dachte Herbert, vielleicht hat er auf mich gewartet. Aber eine unerklärliche Scheu hielt ihn davon ab, hinaufzugehen oder auch nur zu rufen.

Sonderbar, sann Herbert, sonderbar, ich brauchte so wenige Stufen zu steigen, um bei ihm zu sein, aber irgendwo steht eine unüberwindbare Mauer, unförmig und grau, und nun will es nicht gehen. Er brannte, aber er blieb still unter dem Fenster stehen. Und das Fenster war schmal und sehnsüchtig geöffnet. Plötzlich merkte er, daß er jegliches Maß für die Zeit verloren hatte. Wie sehr er sich auch anstrengte, es fiel ihm nicht ein, wie lange er nun schon hier stehen mochte, den Kopf so in die Höhe gereckt und die Brust so voll törichter Unruhe.

Der Hals war ihm steif geworden vom Hinaufstarren, und auch die Füße schmerzten ganz unerträglich. Herbert kam sich namenlos albern vor. Er begann sich zu verhöhnen. »Wie ein Backfisch«, sagte er zu sich. Er versuchte eine sentimentale Weise zu singen. »Man soll seine Gefühlchen übergröhlen«, dozierte er. Aber es wurde nur ärger.

Dann packte ihn sprunghaft und mit einem Male die Bitterkeit. Warum fühlt er denn nicht, daß ich hier unten stehe, dachte er. Alle Ironie war plötzlich beim Teufel. Ich würde es sicherlich merken, wenn einer so glühend an mich dächte.

Er sah noch einmal hinauf. Aber oben das Fenster hatte sich geschlossen. Da wurde er mutlos und ging langsam die Straße hinab. Doch an ihrem Ende kehrte er nochmals um, schlenderte zurück und blieb wieder vor Erichs Hause stehen. In diesem Moment glaubte er ihn zu sehen.

Dort kommt er. Vor Freude wurde er scharf wechselnd blaß und rot. Einen Schlag lang mußte sein Herz aussetzen. Aber als er auf ihn zulaufen wollte, merkte er, daß er gar nicht zu Erich lief, sondern zu einem Fremden. Wohl an die zehnmal vermeinte Herbert im Weiterschreiten Erich Borchert zu sehen. Jedesmal mußte er sich davon überzeugen, daß er sich verschaut hatte.

Und du siehst Helenen in jedem Weibe, spottete er in sich hinein, und rettete sich kopfüber zurück in die zynische Gebärde.

Er ging noch weit, weit umher. Als er schließlich auf eine Uhr sah, stellte er erschrocken fest, daß es schon zwölf Uhr mittags war. Um halb zwei geht mein nächster Zug, fiel ihm ein. Also war es die allerhöchste Zeit. Er winkte einem Auto, fuhr nach seiner Wohnung und jagte die Treppen hinauf. Zu dumm, überlegte er noch, ich hätte den Wagen unten warten lassen sollen. – – – Die Wirtin war nicht zu Hause. Er freute sich kindlich. Das ersparte Fragen und Antworten, kurz überflüssiges Gerede.

Er legte einen Zettel auf den Tisch, der bündig nur die Tatsache seiner Abreise mitteilte, warf eine kleine Summe Geldes hinzu, die er noch zu schulden glaubte, nahm seine Koffer, schmiß die Türen knallend hinter sich ins Schloß und stand, ehe er sich's versah, schon wieder auf der Gasse. Als er nun so dahinschritt – an die Möglichkeit, zum Bahnhof zu fahren, dachte er bereits nicht mehr, weil eine neue Freude am Gehen über ihn gekommen war – wurde er unvermittelt vom Reisefieber erfaßt.

Es begann damit, daß er, ohne selbst darauf vorbereitet zu sein, ein Marschlied pfiff.

Später erschien ihm das banal. Er unterdrückte die Neigung, weiterzupfeifen, gewaltsam. Das vergrößerte natürlich seine Erregtheit.

Plötzlich stolperte er. Ein Schnürsenkel an seinem Schuh war aufgegangen. Er setzte die Koffer ab, bückte sich und reparierte verlegen den Schaden. Eine solche Unordnung, alles geht in Auflösung über, dachte er beschämt, wenn mich so Erich gesehen hätte. –

Dieses Ereignis nun nahm ihm seine Unruhe, aber auch die gehobene Stimmung, die sie mit sich gebracht hatte. Er fühlte sich vom Schicksal noch einmal – und im Überfluß hämisch – darauf hingewiesen, daß es nicht auf eine Reise ging, sondern auf die Flucht.

Kurze Zeit gewannen Ekel und Lebensüberdruß die Oberhand in ihm, und möglicherweise wäre alles anders geworden, und er hätte ernsthaft Schluß gemacht mit sich, – – – aber ein Plakat an der Litfaßsäule, die schwer, rund und harmlos gerade ihm gegenüber stand, lenkte seine Gedanken ab und zog sie auf eine fast magische Weise zu sich herüber.

Herbert trat unwillkürlich näher heran und mußte es lesen. Polternd fielen die Koffer zu Boden. Er wurde sehr, sehr blaß und tat eine trostlos kleine Geste. – Er las seinen Steckbrief, und er las ihn noch viele Male hintereinander.

Da rief jemand seinen Vornamen. Herbert achtete nicht darauf, aber dann hörte er – schnell und verklingend schon – zweimal »Holzdorf« zu sich herüberschallen.

Er drehte sich geschwinde und ängstlich um. Ihm war, alle Leute der Straße müßten sich nach ihm umsehen. Doch oben auf der Plattform einer vorbeifahrenden Straßenbahn stand Erich Borchert und winkte. Ich komme, rief er und stieg auf das Trittbrett, aber das nahm Herbert schon sehr undeutlich wahr.

Alles in ihm war plötzlich flammende Liebe. Sogar den Steckbrief vergaß er einen Atemzug lang. Aber dann riß er sich zusammen. Weg, weg, dachte er. Erich darf mich nicht mehr sehen. Nur weg mit mir, ich bin unrein, befleckt und verkommen. Einen Steckbrief hat man hinter mir hergeschickt, meine Schuhe sind von selbst aufgegangen, und sogar mein Zimmer hat mich nicht mehr gewollt. – –

Nein, Erich durfte ihn unmöglich mehr sehen.

Er winkte einem Auto, das leer in träger Erwartung an der Straßenecke stand. –

Und dann geschah alles in einer sonderbaren, stürzenden, überwirklichen Geschwindigkeit. Ein Polizist, er war in Uniform und hatte ein dickliches, verschwommenes Gesicht mit großem Schnurrbart, trat auf ihn zu.

»Herr Holzdorf?« fragte er. Herbert nickte schwerfällig. Da stiegen sie langsam in das Auto. Der Motor klopfte – dumpf wie ein Menschenherz. »Zum Revier«, sagte der Polizist. Plötzlich liefen ihnen die Häuser entgegen.

Als Erich Borchert keuchend vor der Litfaßsäule anlangte, war der Wagen längst abgefahren. –

*

Auf dem Revier verbrachte Herbert nicht länger als zehn Minuten. Er hörte, daß viel telefoniert wurde, aber es war eigentlich so, als beträfe ihn das gar nicht. Erst als man ihm Handschellen anlegte, begann er, die Situation zu begreifen. – Hier handelt es sich scheinbar um mich, überlegte er und fand das sehr wunderbar. Dann griff einer nach ihm und führte ihn hinaus. Herbert saß wieder in einem Wagen. Und es war ihm, als müßte er nun bis in die Unendlichkeit unterwegs sein.

Er saß tief eingelehnt in die Polster und spann sich in Träume. Langsam drängten die Bilder heran, schmeichelnde Winde aus Erinnerung. – – – Wie war das doch alles? Aber da stand man plötzlich im Walde. Die Winde hatten sich gesammelt, und es ging nun ein Sturm, ein Tornado von Bildern.

Herbert rückte sich schwerfällig in die Höhe. Er stieß einen verschreckten kleinen Laut aus und strich sich mit der Hand über die Augen. Jetzt einen Vertrauten haben, betete er und wußte nicht zu wem, jetzt einmal jemand haben, zu dem man emporsehen darf, ohne Schaden und für die Ewigkeit.

Dann dachte er sehr vieles mit einem Male. Da schwebt man in einem Auto dahin, dachte er. Da sitzt jemand neben einem greifbar nah, und man kennt ihn gar nicht. Man ist so einsam, daß man nicht einmal den kennt, der neben einem sitzt. Unendlich einsam ist man, dachte er, schwebend einsam. »Wenn man sich doch eine Nähe erzwingen könnte«, sagte er unvermittelt laut. Und dann: »Fahren wir jetzt zum Richter?« Einen so großen Drang hatte er da schon zu dieser letzten entscheidenden Instanz, der er sich jetzt noch anvertrauen und vor der er sich beugen konnte.

Der Wachtmann, der ihn begleitete, lächelte flüchtig, aber er antwortete nichts. Zum Richter, dachte Herbert inbrünstig, nun wird einer sein, der meine Schuld zu sich nimmt, nun werde ich Ruhe haben und Frieden. Dann lächelte er auch.

Sie fuhren nicht zum Richter. Der Wagen hielt vor dem Polizeipräsidium. Der Kommissar, der die Mordsache Wiesel bearbeitete, marschierte schon neugierig rund durch sein Arbeitszimmer. Ein interessanter Fall, flüsterte er manchmal, aber das flüsterte er immer, wenn er aus den Aktenstücken nicht recht klug werden konnte. Von Zeit zu Zeit schlich er sogar zur Tür, um zu sehen, ob der Angeschuldigte noch nicht käme. Aber jedesmal wandte er sich enttäuscht wieder um.

Dann klopfte es draußen, gerade als er es am wenigsten erwartete. »Herein!« rief der Kommissar. Seine Stimme mußte würdig und sonor geklungen haben. Ganz kurz noch sah er auf einen Spiegel. Er riß seine Stirne hoch. Jetzt wollte er nur noch Auge sein.

Herbert war zögernd über die Schwelle getreten. »Warum hat man mich nicht vor einen Richter geführt?« fragte er und sah sich unwillig und beinahe beleidigt in dem Zimmer um.

Der Kommissar betrachtete ihn einigermaßen verblüfft. »Gott,« sagte er dann amüsiert (wohl auch spöttisch), »Sie scheinen es aber verflucht eilig zu haben. Zuerst werden Sie natürlich von mir vernommen. Sie heißen also Holzdorf?«

»Ja,« sagte Herbert, »ich heiße Holzdorf, aber ich kann Ihnen keine weiteren Auskünfte geben. Können Sie mich nicht zu einem Richter bringen?«

Obzwar er es nicht wollte, mußte der Kommissar lachen. – Was sich dieser Junge da so vorstellen mochte, wie seltsam überhaupt sein Auftreten war, ein verwunderliches Gemisch aus Frechheit und einer kaum glaublichen Ahnungslosigkeit. – »Wenn Sie durchaus vor ein Gericht gestellt werden wollen,« sagte er immer noch heiter, »so bedenken Sie bitte, daß ich gewissermaßen die Vorstufe dazu bin.«

»Nein,« antwortete Herbert, »verstehen Sie mich doch recht, ich kann es ja nicht mehr länger ertragen. Ich kann keine Umwege mehr machen. Vielleicht meinen Sie es gut mit mir, aber ich weiß, daß es nur eine Instanz gibt, die meine Schuld zu sich nehmen kann: Das Gericht.«

Allmählich wurde der Kommissar nervös. Ich war so freundlich mit ihm, dachte er ärgerlich. Das hat man nun davon. Er biß sich, so redete er sich in einen Zorn hinein, wie ein Kind auf den Lippen herum. – – – Oder ob er vielleicht nur Wahnsinn simulieren will, fiel ihm dann plötzlich ein. Er sah auf Herbert, der stumm vor ihm stand. »Also wollen Sie endlich aussagen?« schrie er ihn an.

»Nein«, sagte Herbert. Er wurde listig und unverschämt. »Ich sage Ihnen kein Wort. Vor einem Richter würde ich ein volles Geständnis ablegen.« – –

Affenkomödie, dachte der Kommissar. Er drehte Herbert brüsk den Rücken und machte einige Schritte auf seinen Schreibtisch zu.

»Sie wissen doch, weswegen Sie vor mir stehen?« fragte er dann.

Es kam keine Antwort.

»Also, Sie wollen mir nicht erklären, weshalb Sie den Wiesel erschossen haben?« meinte er noch einmal, harmlos wie es jetzt schien und uninteressiert.

– – – Herbert blieb schweigsam. Der Kommissar wartete noch eine Weile, aber schließlich entschloß er sich, den Fall endgültig aufzugeben. Ich habe keine Lust, mir an dem Bengel den Schädel einzurennen, tröstete er sich. Er trat ans Telephon. »Ja,« sagte er, »das hat denn wohl keinen Zweck mehr. Ich werde das Verhör abbrechen. Im übrigen will ich Ihnen Ihren Wunsch, vor einem Richter aussagen zu können, gern erfüllen. Die Voruntersuchung ist ohnedies bereits gegen Sie eingeleitet.« – –

Untersuchungsrichter Frager war noch auf seinem Bureau.

»Ach,« sagte er, »Sie haben den Mörder verhaftet. Holzdorf, ja, weiß schon, siebzehnjähriger Junge. Hat Aussage verweigert? Hm. Und Sie glauben also an seine politischen Motive? – Gott, ich will nicht widersprechen, aber ich weiß nicht recht. Na, man wird ja sehen. Ja, Herr Kommissar, ich bin bereit, den Angeschuldigten noch heute zu vernehmen. Schicken Sie ihn nur gleich hierher. Jawohl, und bitte vergessen Sie nicht, was Sie noch an Aktenstücken vorrätig haben, mitzusenden. Guten Tag.«

Der Kommissar legte den Hörer auf die Gabel.

Zehn Minuten später fuhr Herbert nach Moabit. –

Einige Zeit nahmen die Einlieferungs-Formalitäten in Anspruch. Es war äußerst lästig, andauernd mit fremden Menschen reden zu müssen, noch lästiger, ihre Blicke zu ertragen, die mit einer gewissermaßen unpersönlichen und gleichgültigen Neugier an ihm hingen.

Aber nun, da man allein endlich in einer schmalen, dürftigen Zelle saß, war das nur noch wie ein böser Traum, aus dem man schon erwacht war, und der einen nicht mehr bedrückte.

Es war wundersam und über alle Maßen schön, allein sein zu können. Nie, nie hatte Herbert gewußt, daß Einsamkeit etwas Heiliges sein kann. Er verstand jetzt gar nicht, daß er jemals unter ihr hatte leiden können. Zu wundersam ist das Leben, dachte er, zu dumm.

Selbst wenn Erich jetzt zu mir käme, dachte er, ich würde ihn wegschicken. Und er hätte ihn wirklich fortgeschickt. Keiner war ihm so nahe gewesen, keiner so entfernt, daß er ihm jetzt hätte zur Seite stehen können.

Aber, dachte Herbert, es ist wohl immer so, die letzten Wege geht man sehr klar und allein.

Daß der Weg zum Richter sein letzter Weg sei, das glaubte er glühend und auf das bestimmteste.

Seit seiner Verhaftung hatte sich seiner eine Verwirrung bemächtigt, die nicht mehr von ihm gewichen war.

Er vermochte nicht mehr recht klar zu denken. Er war von so vielen und verschiedentlichen Gefühlen und Empfindungen durchwühlt, daß er keine Zeit mehr fand zu Umschau und Konzentration.

Noch war vielleicht die Kraft zu staunen in ihm, sich zu wundern über das Leben, das ihn in einen so tollen Wirbel gerissen, jetzt noch die Dinge zu sehen, wie sie sich vollzogen, ehern und notwendig, war ihm nicht mehr gegeben.

Er war redlich bemüht, wieder Einsicht in sich zu gewinnen, aber kein Vorstoß gelang, der die eigene Dunkelheit hätte erhellen können.

Im Walde, dachte er, habe ich meine Schuld erkannt. Im Walde ist mir etwas aufgegangen von der großen und gewaltigen Heiligkeit des Menschenlebens. – – »Aber die Partei, aber der Führer? Aber die Idee!« schrie er plötzlich laut. Dahin, dahin. Nicht einmal ein Katzenjammer war geblieben. – – Aber warum bin ich nicht geflohen? Warum habe ich meine Tat nicht mit mir in die Fremde getragen, stark und bereit, sie zu sühnen?

Hier fand er keine Antwort mehr. Hier wurde es dunkel. Unlösbar verwirrte sich alles.

Was will ich denn plötzlich von dem Richter, den ich nicht kenne, dachte er, und warum klammere ich mich so an dieses Wörtlein Gericht, daß ernsthafte Menschen über mich lachen?

Hier ging es in Not und in Nebel. Hier fand er kein rettendes Licht mehr und keinen Weg.

– Als der Wärter eintrat, um ihn zum Untersuchungsrichter zu führen, saß Herbert auf der schmalen niedrigen Bank an der Seite und sang ein Lied still vor sich hin. Es war ein rührsames dummes Wandervogel-Lied. Er dachte an gar nichts mehr.

Der Untersuchungsrichter war ein Mann von etwa fünfzig Jahren. Er sah ernst aus und nicht unsympathisch, war von einfachem Gebaren; man konnte wohl Vertrauen zu ihm haben.

Herbert betrachtete ihn ziemlich genau, allerdings mit etwas leerem Blick. Dann, als er seine Feststellungen gemacht hatte, versuchte er, sich rasch noch ein wenig in dem neuen Raum zu orientieren.

Er machte ein paar ganz kleine Schritte und schaute sich vorsichtig um. Daß er es vorsichtig tat, merkte er sofort und von selbst. – Ach, dachte er, soviel neue Gesichter, so viele neue Räume – da ist's schon verständlich, wenn man vorsichtig wird und besorgt.

Aber dann glaubte er, daß es nur eine Feigheit wäre. Nicht zeigen, daß ich mich fürchte, dachte er wieder. Er drehte sich geschwinde ganz um sich selbst herum. Und er sah, daß er in einer kahlen nüchternen Beamtenstube stand. Tausend Bureaus sehen ebenso aus, dachte er enttäuscht.

Aber er begriff sofort, daß dieser Vergleich doch nicht ganz stimmte.

Hier nämlich schien noch etwas anderes da zu sein. Etwas Unwägbares, das in keiner Beamtenstube war, wie er sie gemeint hatte. Etwas Fremdes, Kühles, Abwartendes.

Ein leises Frösteln stieg ihm über den Rücken. Ich habe mir das Gericht anders vorgestellt, dachte er, heller, durchsichtiger, wärmer. Ein bißchen Sonne sollte vielleicht ins Zimmer scheinen.

Sonne – er erschrak so heftig über das Wort, daß er nicht weiter zu denken vermochte.

Da erblickte er über dem Kopfe des Richters einen Öldruck. Er hatte geglaubt, daß kein Bild im Zimmer sei. Und er verwunderte sich, daß er es nicht gleich gesehen hatte. Aufmerksam blickte er es an. –

Dann fiel es sehr schwarz und wie Nacht über seine Augen; nur noch das Bild stand im Raum, dieses schreckliche feurige Bild.

Denn hingemalt war dort eine große aufgehende Sonne. Und in roten, ihm schienen es flammende Buchstaben zu sein, war zu lesen:

Die Sonne bringt es an den Tag.

»Ach die Sonne«, lallte Herbert nach einer Weile. »Das ist eine alte Bekannte von mir. Eine alte Bekannte.«

In diesem Momente hörte er eine klare nüchterne Stimme sagen: »Sie sind angeschuldigt, vor ungefähr zwei bis drei Wochen den Zeitfreiwilligen Heinz Wiesel, vorgeblich Leutnant, ermordet zu haben. Wollen Sie sich nun endlich zu dieser Beschuldigung äußern?«

»Eine Stimme«, überlegte Herbert. »Jemand hat etwas zu mir gesagt.« Er hatte zwar nicht verstanden, was gesagt worden war, aber er konnte nun schon wieder sehen, und las die Frage aus den Zügen des Richters.

»Ja,« sagte er, »ich will alles sagen. Ich habe am dreißigsten August den Spitzel Wiesel im Grunewald erschossen. Es war auf der Strecke zwischen Teltow und Wannsee. Die Sonne ging unter. Der ganze Wald war überschwemmt von Licht. Das ist wichtig. Denn die Sonne – die Sonne hat in der Angelegenheit gegen mich gezeugt. Mit Recht. Ich habe eingesehen, daß man nicht töten darf. Ich bin schuldig, Herr Richter. Und nun bitte ich Sie, mich zum Tode zu verurteilen.«

»Mir steht ein Urteil über Sie nicht zu«, sagte Herr Frager höflich. »Ich habe nur die Untersuchung zu leiten. Bis zum Urteil ist es ein weiter Weg.«

– – – »Wie,« fragte Herbert fassungslos, »bis zum Urteil ist noch ein weiter Weg?«

»Der Weg zum Urteil ist so weit wie der Weg zur Tat«, antwortete Herr Frager. »Wollen Sie mir nun nicht etwas über diesen Weg sagen, und wie Sie zu Ihrer Tat gekommen sind?«

Ein schönes Gleichnis hat er da ausgesprochen, dachte Herbert ergriffen. Es schien ihm auch sofort plausibel, daß man so schnell nicht verurteilt werden konnte.

Hätte mir der Kommissar nur ein Wort davon gesagt, dachte er.

Bei dem Gedanken an den Kommissar mußte er noch ein bißchen lachen. Das wäre der Rechte gewesen für eine Unterhaltung, wie er sie jetzt zu führen hatte, für eine Unterhaltung um Seele und Seligkeit.

Dann begann er sehr langsam zu überlegen, ob der Weg zu seiner Tat wirklich so weit gewesen war.

Da wurde mit einem Male sehr vieles klarer in ihm. »Ja, Herr Richter,« sagte er, »ich bin einen weiten, weiten Weg gegangen.«

Frager nickte freundlich und hoheitsvoll. »Sehen Sie,« meinte er, »nun fangen Sie an, es selbst zu verstehen. Wollen Sie mir nicht ein wenig davon erzählen?«

Aber Herbert erzählte schon. – – –

VI.

Am Abend dieses Tages – es hatte soeben halb neun geschlagen – wurde der Politiker ans Telephon gerufen.

Es war sehr bergab gegangen mit ihm. Er laborierte an einer empfindlichen Erkältung, und seine Nerven waren krank und überreizt.

Er hegte, wie jedesmal, wenn das Telephon klingelte, die irrsinnige Hoffnung, Lehgarbe würde nach ihm verlangen. So sehr bin ich sein Geschöpf geworden, dachte er bitter, wenn es Lehgarbe wieder nicht gewesen war.

Er hatte seit jenem bösen Tage, an dem man ihm sozusagen die Tür gewiesen hatte, keine Fraktionssitzung mehr besucht, er war nicht mehr im Parteibureau gewesen, ja er hatte sich kaum mehr auf die Straße gewagt. Er wußte auch, daß man den Kopf schüttelte über ihn.

»Das Telephon«, fragte er, als die Wirtschafterin ihn hinausrief. »Wer wünscht mich denn so spät noch zu sprechen?«

»Ein Herr Frager ist am Apparat,« antwortete sie, »er sagt, daß seine Sache dringlich und wichtig sei.«

Frager, überlegte der Politiker enttäuscht, und ein peinliches Gefühl überkam ihn bei dem Namen. Frager? – –

Mein Gott, Frager, Das wird der Untersuchungsrichter Frager sein, dachte er dann erfreut. Er hatte ihn vor langer Zeit bei Lehgarbe gesehen und kennen gelernt.

Zu dumm, wie schlecht sein Gedächtnis jetzt war.

Lehgarbe wird einlenken wollen, dachte er aufjauchzend, und vor Aufgeregtheit sagte er seinen Namen stotternd in den Apparat.

Frager war von unüberbietbarer Höflichkeit. Er erkundigte sich sorgfältig nach des Politikers Befinden, wollte gehört haben, daß er an einem national-ökonomischen Buch arbeite, fragte, ob es denn vorwärts ginge mit dieser schriftstellerischen Betätigung. Ja, er versicherte, geradezu außerordentlich interessiert zu sein – und nannte ihn schließlich den zweifellos größten Theoretiker der Partei.

Der Politiker war davon angenehmst berührt. Er antwortete geziert und blumig, aber innerlich verging er vor Ungeduld. Er schmeichelt mir, um mich einem Ausgleich geneigter zu machen; ich werde aber trotzdem verlangen, daß sich Lehgarbe im mindesten entschuldigt für die Kränkungen, die er mir zugefügt hat, dachte er.

Inzwischen forschte Frager nach der Gesundheit eines Bruders des Politikers. Es war ein bekannterer, etwas altmodischer Universitätsprofessor, den er gelegentlich eines Balles kennengelernt haben wollte.

Dem Politiker zitterten vor Nervosität die Knie. Wenn er doch nur schon zur Sache reden wollte, fluchte er unaufhörlich in sich hinein.

Da glaubte auch Frager sich nicht länger bei Redensarten aufhalten zu müssen.

»Hören Sie, Herr Doktor,« sagte er, »wir haben heute einen jungen Menschen unter Mordverdacht verhaftet. Er heißt Holzdorf. Ich würde mich gerne eingehender mit Ihnen über diesen Fall unterhalten. Ich darf Sie wohl bitten, da in dieser Sache nicht viel Zeit zu verlieren ist, mich gleich in meiner Wohnung aufzusuchen.«

Ohne eine Erwiderung des Politikers abzuwarten, nannte er noch seine Adresse, wünschte freundlich und ehrerbietig einen guten Abend, wiederholte seine Bitte um den Besuch noch einmal, und hängte – der Politiker hatte mit brüchiger Stimme seine Zusage erteilt – die Hörmuschel wieder ein.

*

– – – Es mochte noch keine halbe Stunde vergangen sein, da stand der Politiker in Fragers Zimmer.

»Darf ich erfahren, womit ich Ihnen dienen kann, Herr Untersuchungsrichter«, sagte er zeremoniell, aber seine verstörten und wässernden Augen verrieten deutlich, wie sehr seine Haltung erkünstelt war.

Frager empfand sofort Mitleid. Der Mann mußte ihm zusammenbrechen, wenn er ihn auch nur eine Sekunde noch im unklaren ließ.

»Lieber Herr Doktor,« sagte er, »ich will die Karten nur gleich aufdecken. Wir haben uns vor einiger Zeit bei Lehgarbe kennengelernt, Sie dürfen daraus gern alle Rückschlüsse ziehen, die Sie zu ziehen geneigt sind. Ja, Sie dürfen daraus sogar entnehmen, daß ich, wenn ich so sagen darf, gewissermaßen als Freund zu Ihnen spreche. Sie sind heute – ich muß mir natürlich jede Stellungnahme dazu vorbehalten – von dem des Mordes an dem Zeitfreiwilligen Heinz Wiesel geständigen Herbert Holzdorf stark angeschuldigt worden. Ich möchte Sie nun ersuchen, sich zu diesen Anschuldigungen, mit deren Details ich Sie noch bekannt machen werde, zu äußern.«

Der Politiker hatte seine Hand schwer auf die Augen gelegt. Ein jäher Weinkrampf zwang ihn, den Oberkörper weit hinunterzubeugen. Nicht aufhaltbar sickerte das Wasser durch seine Finger.

»Es ist kein Wort davon wahr, Herr Untersuchungsrichter«, stotterte er endlich mühevoll. »Es ist alles erlogen. Bitte, bitte, glauben Sie mir.«

Frager wühlte schon zwischen Aktenstößen. »Aber so kommen wir nicht weiter, Herr Doktor«, meinte er freundschaftlich. »Sie müssen mir deutlich Rede und Antwort stehen.«

Aber der Politiker schluchzte nur noch heftiger. »Ich, ich rege mich so leicht auf«, sagte er und kämpfte mit den Tränen. »Ich, ich rege mich so leicht auf«, wiederholte er, als sei dieser Satz die geforderte Erklärung, als könne dieser dumme, nichtssagende Satz ihn vor allem Argen, das ihm bevorstand, bewahren.

Wie soll ich mich ihm nur verständlich machen, dachte Frager. Er sah blaß und angestrengt aus. »Sie dürfen mir glauben,« sagte er schließlich, und nun zitterte auch seine Stimme ein wenig, »daß ich einen politischen Skandal für untragbar erachte. Ruhe und Ordnung wären meiner Überzeugung nach nicht mehr aufrechtzuerhalten, wenn – – –«

Er brach ab und sah den Politiker aufmerksam an, weil er eine Antwort von ihm erwartete.

Aber als der nur schweigsam in seinem Sessel blieb, entschloß er sich weiterzusprechen. Mit einer überakzentuierten und gepreßten Stimme fuhr er fort: »Herr Doktor, Sie sind von Holzdorf der Anstiftung zum Morde beschuldigt. Er gibt weiter an, nach vollbrachter Tat von Ihnen begünstigt worden zu sein.«

Der Politiker schwieg trostlos.

»Herrgott,« sagte Frager ungeduldig, »verstehen Sie mich doch! Ich sagte Ihnen bereits, daß ich einen politischen Skandal für untragbar erachte . . . Ich werde die Staatsinteressen um jeden Preis zu wahren wissen.«

Der Politiker kaute an einem Satze.

»Ich möchte ja nichts weiter von Ihnen hören, als die Widerlegung der Holzdorfschen Aussagen«, beschwor ihn Frager.

Da sprang der Politiker hoch. »Ich habe ihn doch gekannt,« rief er erregt, »das ist doch nicht zu leugnen. Er war doch in der Mordnacht bei mir, das ist doch nicht abzustreiten.«

»Wann war er bei Ihnen?« unterbrach ihn Frager.

Der Politiker biß sich auf die Zunge. »Ja«, sagte er dumm und betreten.

»Wenn ich Sie recht verstanden habe, war also Holzdorf in der Nacht vom dreißigsten zum einunddreißigsten August bei Ihnen«, meinte Herr Frager.

»Unser Gespräch war kurz und nur harmloser Natur«, setzte der Politiker hinzu.

»Ich glaube Ihnen«, sagte Herr Frager sehr zitterig. »Ein Besuch in der Nacht erweist freilich auch gar nichts.«

Dem Politiker kehrten mit einemmal nun Gedächtnis und Redegewandtheit zurück. Eine Unmenge wußte er plötzlich über Holzdorf zu berichten. Eine Unmenge Bösartiges, Belastendes, Schwieriges in wohlgesetzten klangvollen Worten.

Und der Untersuchungsrichter hörte aufmerksam zu. In seinem Gesicht stand ein schwacher Widerwille.

– – – Die beiden saßen noch bis gegen vier Uhr morgens beisammen. Sie sprachen ununterbrochen. Als sie sich endlich trennten, hatten sie trockene Kehlen.

»Also«, sagte Frager im Flur noch einmal, »vergessen Sie nicht, ihm noch heute einen Rechtsanwalt zu besorgen. Der Junge begeht sonst die Dummheit, in seiner törichten Haltung zu verharren, dann allerdings könnte der Skandal unvermeidbar sein.«

Der Politiker hatte die Wohnungstür schon geöffnet.

»Bitte vergessen Sie's ja nicht,« rief Frager, »warten Sie um Gottes Willen nicht erst ab, daß die Verteidigung an einen Falschen gerät.«

»Ja ja,« murmelte der Politiker selig – Fragers Schritte hallten schon von unten herauf – »ich will alles tun, was Sie verlangen. Aber jetzt werde ich mich erst einmal ordentlich besaufen.« Dabei blieb es denn.

– – – Um halb zehn Uhr vormittags wurde Herbert aus seinem Schlafe geweckt. Er war unsagbar traurig und rieb sich müde die Augen.

Ein forsch aussehender, untersetzter, breitschulteriger Herr stand vor ihm. »Ich heiße Mörner«, stellte er sich vor. »Ich bin Ihr Rechtsanwalt.«

»Rechtsanwalt?« wiederholte Herbert. Aber er war nicht imstande, sich dabei etwas vorzustellen. »Das ist sehr nett von Ihnen«, sagte er schließlich, nur weil es so ruhig blieb. »Sehr nett; aber ich habe so gut geschlafen.« –

»Ich kenne Ihren Fall schon aus den Akten«, entgegnete Mörner eifrig. »Was Sie sagen, ist ganz gut und schön, aber ich möchte Ihnen dennoch raten, lassen Sie diesen Unsinn mit der Anstiftungsgeschichte aus. Das glaubt Ihnen doch kein Mensch.«

»Was glaubt mir kein Mensch?« fragte Herbert zurück. Er war so müde, daß er kaum zugehört hatte; er war auch der Meinung, daß das Gespräch schon beendet sei.

»Mein Gott,« sagte Mörner, »man wird Ihnen nie im Leben glauben, daß ein so erfahrener und geschulter Mensch wie der Politiker eine so große Dummheit begeht und einen beliebigen Halbwüchsigen zu einem Verbrechen auffordert.«

Herbert war augenblicklich ermuntert. Vor Entrüstung wurde er blaß im Gesicht. »Ja wer sind Sie denn eigentlich,« schrie er zu dem Mann hinüber, der erschrocken einige Schritte zurücktrat, »wie dürfen denn Sie es wagen, an meinen Aussagen zu zweifeln?«

Der Rechtsanwalt blieb kaltblütig. »Ich habe die ganze Angelegenheit schon mit dem Untersuchungsrichter besprochen«, sagte er würdevoll. »Ich bin über Ihre Lage besser informiert als Sie selbst. Ich bin zu Ihrem Beistand bestellt und habe nur Ihr Bestes im Auge.«

»Sie haben mit dem Untersuchungsrichter gesprochen?« fragte Herbert. Er hatte alle Fassung verloren. Der Boden unter ihm schien sich fortzubewegen. Unablässig fort. Einem Hintergrunde zu, der sehr neblig wurde.

Mörner nickte mit dem Kopfe.

»Und der Untersuchungsrichter glaubt meinen Aussagen nicht?«

»Er hält alles – Wort um Wort – für erlogen«, sagte Mörner und wußte schon, daß er endgültig gesiegt hatte.

»Nein,« sagte Herbert, »das ist nicht wahr, das – das darf nicht wahr sein.« Plötzlich hatte er mit einem Gelächter zu kämpfen, das er selbst nicht verstand. Das sind die Nerven, dachte er und lachte schallend. Dann wurde es im Raume sinnlos still.

Jetzt muß etwas geschehen, dachte Herbert. Er erinnerte sich mit einem Male des furchtbaren Schweigens beim Führer. Diese Stille durfte um keinen Preis wieder aufkommen. Aus Ratlosigkeit begann er von neuem hastig zu lachen, aber seine Augen füllten sich diesmal unendlich mit Tränen.

Da beschloß Mörner wieder einzugreifen. »Nun,« sagte er, »Herr Holzdorf, wie haben Sie sich entschlossen?«

Herbert schwankte noch eine ganze Zeit so zwischen Lachen und Weinen. Dann sagte er, seine Stimme war von Grund auf verändert und zitterte beständig: »Ich muß sofort den Untersuchungsrichter sprechen.«

Herr Frager war zu einer Audienz durchaus bereit.

»Nun,« sagte er freundlich, »mein lieber Holzdorf, haben Sie sich endlich entschlossen, die Wahrheit zu sagen?«

Herbert taumelte zurück. »Sie – Sie haben mir also nicht geglaubt?« fragte er ganz tonlos.

»Aber,« meinte Frager, »wer soll denn auch solches Gerede für möglich halten? Ein erfahrener Mann, ein Politiker von höchsten Qualitäten soll sich soweit vergessen können, daß er den ersten besten unreifen Burschen mit der Ausführung eines Mordes betraut? Nein, das müssen Sie schon einem anderen erzählen, mein Bester.« – – –

In Herberts Gesicht war mit einem Male etwas, das den Untersuchungsrichter unsicher werden ließ. Schnell ein paar Worte, dachte er, aber er wußte nichts, das er noch hätte sagen können. Eine versöhnende Formel sollte sich doch finden lassen, ein Nachsatz, der beruhigte, der vielleicht ausdrückte: Nur nicht gleich ungestüm, wir sind ja in jeder Weise zu Verhandlungen geneigt.

Verflucht, dachte der Untersuchungsrichter, wie soll ich ihm nur alles beibringen; aber da schrie Herbert schon auf ihn ein.

»Herr Untersuchungsrichter,« die armselige kleine Jungenstimme überschlug sich fast, »ich habe zu Ihnen gesprochen wie ich noch zu keinem Menschen in meinem Leben gesprochen habe. Mein Innerstes habe ich vor Ihnen aufgeschlossen. Ich habe Ihnen und Ihnen allein das Recht zugestanden, über meinen Tod zu entscheiden und über mein Leben. Ich habe mich vor Ihnen klein gemacht wie noch vor keinem Menschen. Und Sie, Sie stehen nun hier und haben ein würdiges Gewand an und wollen von alledem nichts gemerkt haben? Herr Untersuchungsrichter, ich erhebe hier laut den Vorwurf, daß Sie mir nicht glauben wollen, wider Ihr besseres Wissen, wider Ihr besseres Gefühl.«

Frager verlor jede Beherrschung. »Ruhe,« brüllte er zurück, »Ruhe – ich lasse Sie sofort abführen.« Er war auch ganz ernstlich gewillt, nach dem Wachtmann zu klingeln, aber dann meinte er, daß Holzdorf auf diese Weise zu billig davon käme. Dem wollte er es denn doch erst beweisen. »Regen Sie sich nur nicht noch großartig auf,« sagte er, »wir kennen den Schwindel mit den Vehmegeschichten zur Genüge. Ein ganzes Schock lebt heute davon. Man reist im weiten Deutschland umher und läßt sich von Gleichgesinnten, die auf einen hereinfallen, unterstützen. Man begeht ein gemeines Verbrechen, man sagt das Zauberwort ›Vehme‹, und hofft nun als Überzeugungsverbrecher abgeurteilt zu werden.«

Herbert hatte sich leicht vorübergebeugt. Er stand ganz still so und sehr schweigsam.

Ah, dachte Frager, nun höhnt er mich auch noch. Seine Verbitterung wuchs und ließ ihn das letzte Quentchen Klugheit vergessen. Er lachte gehässig und voller Gezwungenheit. »Tja,« sagte er und kostete die Worte bedächtig und fast genießerisch aus, »Sie tun gerade so, als ob mir in meiner Praxis noch nie zuvor ein homosexueller Eifersuchtsmord begegnet sei.«

Da war Herbert auf ihn zugesprungen. Zweimal schlug er hart und schallend in Fragers Gesicht, zweimal, ehe von draußen die Tür aufgestoßen werden konnte, und ihn jemand zurückriß. –

In die Zelle mußte er zurückgetragen werden, weil er plötzlich behauptete, nicht mehr gehen zu können. Auf dem Wege gab er sich geschwätzig, aber er sprach nur kindisches und unverständliches Zeug. Besonders von einem Schnürsenkel, der zur Unzeit aufgegangen war, war viel zu vernehmen. Dann ereiferte er sich gar derartig, daß ein weißlicher Schaum vor seinen Mund trat. Weil er sich auch, wohl vorher schon, auf die Zunge gebissen hatte, sah er kurios aus und unappetitlich.

Da man annahm, daß man es mit einem Simulanten zu tun hätte, ließ man ihn bald allein. Er schrie und tobte eine halbe Stunde lang.

Endlich schickte man nach einem Arzt. Der gab ihm ein Beruhigungspulver. »Es sieht nicht schön mit ihm aus,« sagte er dann, »er muß sofort hinüber ins Lazarett. Ich glaube, er ist tatsächlich verrückt geworden.«

– – – – Als der Politiker zu Frager kam, hatte der im Gesicht zwei brennend rote Male.

Er gab dem Politiker widerwillig die Hand. »Ich habe mich heute schlagen lassen müssen, Doktor«, sagte er ernst und böse. »Es ist nicht immer ein Vergnügen, seinem Lande zu dienen.«

Der Politiker nickte mit dem Kopf. »Ja,« meinte er pathetisch, »das Leben ist ein Kampf.« Aber seine Gedanken waren bei anderen Dingen. »Was macht Holzdorf?« fragte er.

»Er liegt im Lazarett«, gab Frager zurück. »Die heutige Vernehmung hat ihm wohl den Verstand gekostet.«

Aber das ist famos, dachte der Politiker, ganz famos. Laut sagte er: »Das bringt uns ja mit einem Schlage aus allen Nöten. Nun ist seine Glaubwürdigkeit wohl restlos erschüttert.«

Da spie Frager aus.

Der Politiker sah es gar nicht. »Ich möchte den Angeschuldigten gern einmal sprechen«, bat er noch. »Wollen Sie mir bitte einen Erlaubnisschein dazu ausstellen?«

Frager kam dem Wunsche nach. »Hier,« sagte er schneidend kalt, »sehen Sie ihn nur an, wenn Sie es können. Wir – im übrigen – haben uns wohl nichts mehr zu sagen.«

Der Politiker dankte und ging. Nun schiebt auch er alle Schuld auf mich ab, dachte er, und so schuldig bin ich doch gar nicht gewesen. Wer kann schließlich dafür, daß mich der Bengel damals so falsch verstanden hat?

Er kramte besorgt in der muffigen Kiste seiner Erinnerungen. Ich habe doch nur gesagt: ›Wenn den Kerl doch bloß einer zum Teufel schicken möchte‹, fiel ihm ein. Und es freute ihn mächtig, daß er nur dieses, nichts Eindeutigeres, gesagt hatte, und daß es ihm noch rechtzeitig eingefallen war. Der Ton macht die Musik? überlegte er. Ach Unsinn, Sprichwörter waren für alte Weiber da, und schließlich hörte wohl jeder den Ton, den er hören wollte.

Aber jetzt kam's ja nicht mehr drauf an. Jetzt war ja alles gut geworden. - - - -

*

Zunächst wollte man den Politiker nicht vorlassen. Erst als er sich auswies, erklärte man sich bereit, eine Ausnahme zu machen. Eine Ausnahme: »Für zehn Minuten und nicht länger.«

Herbert Holzdorf lag im Bett. Er hatte einen sonderbar starren und schielenden Blick. Sein Gesicht war entstellt und verzogen, aber unbeweglich im Ausdruck.

Er kannte den Politiker nicht. Als der ihn anredete, lachte er plötzlich hell auf, sprach eifrig eine Menge Dummheiten durcheinander und begann schließlich zu singen.

Einen Augenblick lang war der Politiker erschüttert. Dann wandte er sich der diensttuenden Krankenschwester zu: »Glauben Sie, daß er bald wieder gesund wird?«

Die Schwester schüttelte den Kopf. »Das läßt sich so schnell nicht entscheiden,« meinte sie, »aber der Doktor glaubt, daß es noch sehr lange dauern wird.«

Der Politiker drehte sich erleichtert zu dem Kranken zurück. Er war zwar nicht ganz glücklich, aber seine Brust schwellte ein Gefühl großer Sicherheit.

In diesem Momente richtete sich Herbert im Bette hoch und schlug seinen Blick voll zu ihm auf: »Weißt du,« sagte er und in seiner Stimme war eine peinliche Klarheit, »ich habe doch nie etwas aus mir heraus tun können, ich war immer wie ein Gefangener, immer habe ich mich irgendwem unterordnen müssen. Heute habe ich endlich ganz von selber etwas getan. Ich habe wieder mal einen Mann umgebracht. Der Kerl war zum Beispiel Untersuchungsrichter. Und ich habe diesmal eigentlich richtig gehandelt. Denn das mit der Heiligkeit des Menschenlebens ist nämlich auch nur ein Schwindel.«

Dann legte er sich bequem in die Kissen zurück und sang wieder.

Eigene Buchreihe oder eigenen Verlag gründen

Seit 2009 bietet tredition sein Verlagskonzept auch als sogenanntes "White-Label" an. Das bedeutet, dass andere Unternehmen, Institutionen und Personen risikofrei und unkompliziert selbst zum Herausgeber von Büchern und Buchreihen unter eigener Marke werden können. tredition übernimmt dabei das komplette Herstellungs- und Distributionsrisiko.

Zahlreiche Zeitschriften-, Zeitungs- und Buchverlage, Universitäten, Forschungseinrichtungen u.v.m. nutzen diese Dienstleistung von tredition, um unter eigener Marke ohne Risiko Bücher zu verlegen.

Alle Informationen im Internet: **www.tredition.de/fuer-verlage**

tredition wurde mit mehreren Innovationspreisen ausgezeichnet, u. a. mit dem Webfuture Award und dem Innovationspreis der Buch Digitale.

tredition ist Mitglied im Börsenverein des Deutschen Buchhandels.

Dieses Werk elektronisch lesen

Dieses Werk ist Teil der Gutenberg-DE Edition DVD. Diese enthält das komplette Archiv des Projekt Gutenberg-DE. Die DVD ist im Internet erhältlich auf **http://gutenbergshop.abc.de**

Zeitfracht Medien GmbH
Ferdinand-Jühlke-Straße 7
99095 Erfurt, Deutschland
produktsicherheit@kolibri360.de